古都

[日]川端康成 著

后浪 插图版

竺祖慈 译

四川人民出版社

目录

春之花	1
尼庵与格子门	23
和服街	50
北山杉	78
祇园祭	105
秋色	133
青松	161
深秋里的姐妹	194
冬之花	213

春之花

千重子发现老枫树树干上开出了紫花地丁。

"啊,今年又开花了!"千重子又与春天的温馨重逢。

对于城里的狭窄庭院来说,这棵枫树着实算是大树,树干比千重子的腰围还粗,当然,这遍布青苔的树干因它衰朽粗糙的肌肤而无以与千重子青春的身躯相比。

枫树树干约莫在千重子的齐腰处有点右倾,到了高过千重子头部处则明显向右弯曲,弯曲处生出了很多树枝,君临整个庭院,长长的枝梢因重力而略略下垂。

在弯曲处略下方的树干上有两个瘪陷,瘪陷处各长着一株紫花地丁,每至春季就会挂花。自千重子记事起,就已有了这树上的两株紫花地丁。

上下两株紫花地丁相距约一尺[1],千重子成年后有时会

---

[1] 日尺长度与中国市尺大致相同,1市尺长约0.33米。

想："上下两株紫花地丁会见面吗？它们互相认识吗？"花的"相见"和"相识"是怎么一回事呢？

花开三朵，最多就是五朵，每年春天也就仅此而已。尽管这样，树上小小的瘪陷处逢春便萌芽、挂花，千重子在廊下从树干的根部往上看，有时会为树上紫花地丁的"生命"所动，有时又会生出一种"孤独"的惆怅。

"在这样的地方生长并存续……"

来店的客人即使夸赞枫树的美好，却也几乎无人注意到树上紫花地丁的开放。长着肌肉疙瘩的树干，青苔直铺高处，更添几分威严和雅致，于是寄生于此的小小紫花地丁之类就难以入目了。

但是蝴蝶解情。千重子看到紫花地丁开花的时候，在庭院低飞的一小群白蝶从枫树树干飞近紫花地丁，在枫树也萌发一些红色小嫩芽的部位，蝶群飞舞时的那片白色越发好看。两株紫花地丁的叶和花给枫树干上的新苔投去一层朦胧的阴影。

这是一个淡云密布的和煦春日。

千重子坐在廊下看着枫树树干上的紫花地丁，直到白蝶群飞走。

"今年这里花又重开，真好呀！"她想轻声对它们说。

紫花地丁的下方，枫树的树根处立着一个旧灯笼，千重子的父亲曾经告诉她，灯笼底部雕刻的立像是基督。

"这不是圣母玛利亚吗？"当时千重子说，"我见过一尊大的，跟北野[1]天满宫[2]里的神像很像。"

"这是基督，"父亲语气肯定，"手中没抱婴儿。"

"啊，真的是……"千重子点头，然后又问，"咱家祖上有基督教徒吗？"

"没有。这灯笼大概是造园师或者石匠拿来放在这里的吧，不是什么稀罕的灯笼。"

这个基督灯笼可能是从前基督教被禁止的时期打造的，石质粗糙松脆，浮雕像在百年风雨中朽坏，只能大致分辨得出头、身、足的形状。也许雕工本就简单，袖子长及下摆，只有胳膊一带微微膨出，略似双手合十，却又看不清楚，但感觉有异于佛像或地藏菩萨像。

这灯笼从前也许是作为一种信仰的象征或昔日异国风情的装饰，如今却仅仅因其古朴而被置于枫树古木的树根处，若有客人把目光停留在其上，父亲便会说"是基督

---

1 北野，位于京都市区西北部上京区。
2 天满宫，供奉天满天神的神社。北野天满宫亦称北野神社。

像"。可是那些生意客中鲜有人会留意大枫树下不起眼的灯笼之类,即使看到了,也觉得庭院里有一两盏灯笼是常事,不会去多看两眼。

千重子把盯在树上紫花地丁上的目光落到基督像上。她虽未上过教会学校,却因喜欢英语,常去教堂,也读过《新约全书》与《旧约全书》,可是总觉得为这古旧的灯笼献花、点烛好像不大合适。灯笼上并无一处雕有十字架。

基督像上方的紫花也会让她觉得像是圣母的心。千重子的目光又从基督灯笼再一次上移到紫花地丁,这时,她突然想起了养在古丹波[1]壶中的金铃子。

千重子开始喂养金铃子,远远晚于她发现老枫树上的紫花地丁,一共只有四五个年头。是在高中同学家的客厅听见那虫叫个不停,便讨了几只来养。

"关在壶里,实在是可怜。"千重子虽这么说,却还是养在了壶中,因为同学回答她说毕竟强过让虫死掉。据说有的寺庙中甚至喂养了很多,专卖虫卵,同好者似也不少。

---

[1] 丹波,日本的旧国名。

千重子的金铃子越养越多，已装了两个古丹波壶，每年准在七月一日左右从卵中孵出幼虫，八月中旬左右就开始鸣叫了。

尽管它们在狭小黑暗的壶中出生、鸣叫、产卵、死去，却因可以繁衍存续，也许确实强过养在笼中一代而终的短暂的生命。这真可谓壶中一生，壶中天地。

千重子也知道："壶中天地"是中国的老话，那壶中有金殿玉楼，满是美酒和山珍海味。壶中就是远离俗世的另一个世界和仙境。这是众多仙人传说中的一种。

可是，那些金铃子当然不是因为厌弃浮世而入壶中，它们或许并不知道自己身处壶中，于是就这样度过自己的一生。

金铃子让千重子最吃惊的是，有时如果不在壶中放进外来的雄虫，那么同一壶中的金铃子生下的后代就会又小又弱，这是反复近亲婚配的缘故。为了避免这种情况，金铃子的同好者间有交换雄虫的习惯。

眼下是春天，而非喂养金铃子的秋天，千重子却由枫树树干瘪陷处今年又开的紫花联想到壶中的金铃子，两者并非全不相干。

金铃子是千重子放进壶中的，而紫花地丁是如何来到如此逼仄之处的呢？紫花已开，金铃子今年也会出生、鸣叫的吧？

"那是自然的生命……"

春日的微风戏弄着千重子的头发，她把头发拢到一侧耳边，脑海中拿自己与紫花地丁和金铃子做着对比："我自己呢……"

在这自然万物生机勃勃的春日中，只有千重子一人看着这小小的紫花。

店里传来了开午饭的动静。

千重子有个赏樱的约会，此时也该去打扮一下了。

昨天，水木真一给千重子来电话，约她去平安神宫[1]赏樱。真一的学生朋友在神苑的门口当半个月的检票员，真一从他那里听说现在正是樱花盛期。

"真像是让他替我们在盯着的，没有比这再可靠的消息了。"真一低声笑着。他低声笑时很好看。

"我们也会被他盯着吗？"千重子问。

"那家伙不是看门的吗？谁都得从他眼前经过呀。"真一又笑了一下，"不过，你要是不愿意，咱们可以分头进去，然后在庭院中的樱花树下会合。那樱花即使自己一

---

1 平安神宫，位于京都市左京区，供奉桓武天皇和孝明天皇。

个人看，也是怎么都看不厌的。"

"既然如此，你何不一个人去看好了？"

"那也无妨，不过，今晚若是一场大雨，樱花落尽，我可不负责哟。"

"我可去看落花风情。"

"被雨打落凋零的樱花能算落花风情吗？所谓落花，应该是……"

"你真坏。"

"哪个坏……"

千重子挑了一件不起眼的和服穿上出了家门。

平安神宫也以"时代祭"[1]知名，于明治二十八年（1895年），为了纪念千年前定都京都的桓武天皇而建，所以神社的各种建筑不算古旧，只是神门和外拜殿据说是仿了平安京的应天门和大极殿，也有右近的橘和左近的樱[2]之类。昭和十三年（1938年），把迁都东京之前的孝明天皇也供奉在此。常有神前婚礼在此举办。

最给神苑增色的是垂枝红樱群，如今已可谓除此无以

---

1 时代祭，京都代表性的祭庆活动，每年10月22日于京都市左京区平安神宫举行。
2 日本皇宫紫宸殿台阶右侧种橘，左侧种樱，分别由右近卫府和左近卫府管理，故名"右近橘"和"左近樱"。

代表京都之春了。

一进神苑之门,满眼的垂枝红樱花色便绽放在千重子的整个心底,令她驻足凝望,发出今年又与京都之春相会的感叹。

但她又挂念真一在何处等她,会不会还没到来,于是走出花丛,打算找到真一后再赏花。

树下的草坪上,真一正躺在那里,十指交叉垫在脑后,两眼紧闭。

千重子没想到真一会躺在那里,心中便有不悦。这毕竟是在等候一个年轻的姑娘,与其说让她觉得难看丢人,更不如说是因为她讨厌真一的这种睡姿。在千重子的生活中很少见到男人的睡姿。

在大学的校园里,真一大概常与同学一起枕肘仰天、舒展身体、谈笑风生,眼前只不过是用了同样的姿势而已。

再说,真一旁边有四五个老太婆,把饭盒摊在地上,悠闲地说着话。难道真一是觉得她们可亲而在旁边坐下,不知不觉就躺倒了?

想到这,千重子先是想笑,却又反而红了脸,不去唤起真一,只是站在那里,而且生了离去的念头……千重子从未见过男人的睡颜。

真一规规矩矩地穿着学生服,头发也梳得整整齐齐,合拢着长长的睫毛,一副少年模样,千重子却还是难以正视他的形象。

"千重子!"真一叫了一声后站了起来,千重子立时心头火起。

"睡在这种地方不嫌难看?经过的人都看到你的样子了。"

"我没睡着,你刚来时我就知道了。"

"你坏!"

"我若不叫你,你准备怎样?"

"你是看到我才装睡的吧?"

"我在想:'进来的那个姑娘样子多幸福呀!'于是就有点感伤,头也有点疼了……"

"说我?我幸福……"

"……"

"头还疼吗?"

"不,已经好了。"

"脸色像是不好呀。"

"不,已经没事了。"

"真像宝刀呢。"

偶尔会有人把真一的脸比作宝刀，出自千重子之口却是第一次。

真一被这么比喻时，心中总是燃起一股激情。

"宝刀不杀人，此处是花下。"真一说着笑了。

千重子上了个小坡，返回回廊的入口。站在草坪上的真一也跟了过来。

"我想把这里的樱花全都看一遍。"千重子说。

往西侧回廊入口一站，垂枝红樱的花丛顿时染人春色，这里就是春天，连低垂的根根细枝枝梢都是朵朵相接的八重红樱。这样的樱花林中，与其说花在树上，莫若说是花压枝头。

"在这里我最喜欢这种花。"千重子说着，把真一领到回廊往出口去的拐弯处，那里有一棵樱花树，花枝铺展得特别开阔。

真一也站在树边欣赏这棵樱花，说道："如果细看，还真具有女性的特点，无论垂枝还是花朵，确实都显得柔和丰润……"

八重樱的红色中还带着一层若有若无的紫色。

"以前真还想不到樱花竟如此女性化，无论颜色、风韵，还是娇艳的情态，莫不如此。"真一又说。

两人离开这株樱树向池塘方向走去，在路的变窄处放着长凳，上铺深红毛毡，游客坐在上面喝着淡茶。

"千重子，千重子！"有人在叫。微暗的树丛中有家名为"澄心亭"的茶室，身穿长袖和服的真砂子从里面出来："千重子，来搭个手好吗？我累了，在给师傅的茶席帮忙。"

"我这样子，也只能干点水屋[1]的活了。"千重子进了茶室。

"没关系，就在水屋……反正咱们是在水屋把茶沏好再端出去给客人的。"

"我还有同伴呢。"

真砂子这才注意到真一，便对千重子附耳低语道：

"未婚夫？"

千重子轻轻摇头。

"男朋友？"

还是摇头。

真一背转身走开。

"那就一起参加茶席吧，现在还有空位呢。"

千重子拒绝了真砂子的邀请，跟在真一后面说：

---

1 水屋，茶室附设的厨房，用于整理和清洗茶具。

"那是我的茶道朋友，漂亮吧？"

"姿色平平。"

"哎呀，别让她听见了。"

千重子对站着目送他俩的真砂子用眼神打了个招呼。

穿过茶室坡下的小路有一个池塘，近岸的菖蒲叶竟现一片嫩绿，睡莲也在水面浮出了叶片。

这个池塘周围没有樱树。

千重子和真一绕过岸边走进一条微暗的林荫路，这条小路很短，散发着嫩叶的清香和湿土的味道。这里有个池塘，比先前的池塘大，周围开阔敞亮，岸边的垂枝红樱映在水中的倒影让人眼睛一亮。外国观光客也在为樱花拍照。

可是，对岸的树丛中，马醉木也开着白花，一副温良有节的模样，令千重子想起了奈良。那里还有不少松树，虽不大，却很好看。如果没有樱花，松的绿色应该是能引人注目的，不，即使是现在，那纯净的松绿和池水也反将垂枝樱的红花越发衬得鲜艳夺目。

真一走在前面，踩着池中的踏脚石去对岸，这被叫作"泽渡"。踏脚石是圆的，就像切割神社入口的牌坊而成的石块，千重子有时还需把和服下摆稍稍撩起才行。

真一回头说：

"我想背你过去。"

"那就试试，我会佩服你的。"

不用说，那是老太太都可以走的踏脚石。

踏脚石的近旁也有睡莲叶浮出水面，接近对岸时，踏脚石周围的水面还映着小松树的倒影。

"这些踏脚石的排列也采用了一种抽象的方式吧？"真一说。

"日本的庭院不都是抽象的吗？就像醍醐寺[1]庭院里的杉藓，一旦被人们'抽象、抽象'地说个不停，反倒会招人厌烦的……"

"是呀，那里的杉藓确实抽象。醍醐寺的五重塔已经修缮完工，我们去看看落成式吧。"

"醍醐寺的塔也是模仿新的金阁寺[2]吗？"

"应该是焕然一新了吧，尽管塔没烧掉……这次是拆了后照原样重建的。这次落成式恰逢樱花盛期，去的人好像很多。"

"要说樱花，除了这里的垂枝红樱，再没有能让我更想看的了。"

---

1 醍醐寺，位于京都市伏见区，真言宗醍醐派总寺院。
2 金阁寺，位于京都市，本名鹿苑寺，临济宗相国寺派的寺庙。1950年曾焚毁，后重建。

两人走完了最后几块踏脚石。

对岸一带松树群立,他俩一会儿就到了桥殿,它的准确名字应叫"泰平阁",其实就是一座令人想到"殿"之模样的桥。桥的两侧被做成矮靠背长凳的样式,可供人们在此坐下休息,隔着池塘眺望庭院景致,毋宁说这里是一片带池塘的庭院。

人们坐在这里吃着喝着,还有孩子在桥中央跑来跑去。

"真一,真一,这里……"千重子先坐了下来,右手按在椅子上为真一占位。

"我可以站着。"真一说,"也可以蹲在你腿旁。"

"那又何必呢。"千重子立刻站起身,让真一坐下,"我去买喂鲤鱼的饵料。"

千重子回来了,把饵料往池里一投,鲤鱼群便游拢过来,有的还把身子探出水面。圈圈涟漪泛开,晃动着樱、松的倒影。

千重子问真一要不要把饵料喂光,真一不出声。千重子问:

"头还疼吗?"

"没事。"

两人在那里坐了很久,真一无精打采地盯着水面。

"在想什么呢?"千重子主动问道。

"是呀，想什么呢？有时啥都不想也挺幸福吧。"

"在这种樱花盛开的日子里……"

"不，是在幸福的姑娘身旁……被这幸福感染了吧，像是感受着一种温暖的青春。"

"我幸福……"千重子又说，眼中突然蒙上一层忧郁的阴影。她是低着头的，所以这阴影又似池水在她眼中的倒映。她站了起来："桥对面有我喜欢的樱花。"

"从这里也能看到的呀。"

那是一株最好看的垂枝红樱，也是一株为人所周知的名树，枝垂如柳，又铺展得开，走在树下，若有若无的微风将花撒在千重子的脚下、肩头。

花也稀稀落落地散落在树下，漂浮在池中水面，但也只有七八朵而已。

虽有竹篱支撑着垂枝，但有的花枝细梢还是几乎拖到了水面。

从这红色八重樱花丛的间隙，可以看到池对面东岸的树丛上方绿叶遍布的山峦。

"那是东山的余脉吧？"真一问。

"是大文字山。"千重子回答。

"哦，大文字山？看上去很高嘛。"

"大概是因为从花丛中看吧。"千重子这样说时,也确实是站在花丛之中。

两人舍不得离去。

这棵樱树周围的地上铺着白色的粗砂,白砂地的右侧是神苑的出口,有一片好看的松树,在这庭院中算是长得高大的了。

出了应天门,千重子说:

"想去清水看看呢。"

"清水寺[1]?"真一的表情似是觉得那里太平常了。

"想在清水看看京都城里的暮色,看看落日时西山的上空。"千重子重复说道,真一也就点头。

"嗯,去吧。"

"走路过去。"

那是一段挺吃力的上坡路,电车道也避开了这段路。两人往南禅寺道绕行,穿过知恩院后面,经过圆山公园,沿着一条旧的小路来到清水寺前,正逢暮霭笼罩之际。

清水的舞台也只有三四个女学生在参观,她们的面孔已看不清楚。

这正是千重子追求的时刻。里面昏暗的正殿已经上

---

[1] 清水寺,位于京都市东山区,北法相宗的本寺。

灯,千重子没在正殿的舞台停留,从阿弥陀殿前进了里院。

里院也有依悬崖而建的"舞台",正如丝柏树皮顶檐的轻巧,舞台也是小巧玲珑,只是朝西,面向京都城和西山。

城里已经上灯,而且还留着一点黄昏的微光。

千重子倚着舞台的勾栏眺望西边,好似忘记了与自己一起的真一。真一走到她身旁。

"真一,我是弃儿呀。"千重子突然冒出一句。

"弃儿?"

"是的,弃儿。"

真一误以为这"弃儿"是指某种心态,嘟囔道:

"弃儿?连你也觉得自己是弃儿?你若是弃儿,我这样的人就也是弃儿了——精神上的……每个人也许都是弃儿,我们的诞生,不就是被神丢弃到这个世上来吗?"

真一盯着千重子的侧脸,她的脸上若有若无地染着一丝暮色,让人觉得她那情绪或许是一种春宵之愁吧?

"我们也许因此才被称为神的孩子吧,被他抛弃,再被他拯救……"

真一这话却似未被千重子入耳,她俯视着灯火通明的京都城,并不回头去看真一。

真一抬手去触千重子的肩，似要抚慰她那莫名的忧郁，却被千重子躲开身子。

"别碰弃儿！"

"我明明说了，神的孩子都是弃儿……"真一略略加重了语气。

"没那么玄乎，我哪是什么神的弃儿，明明就是被自己的亲生父母丢弃的。"

"……"

"就被扔在我家店堂红漆格子门前的。"

"说啥呢？"

"是真的。不过这种事情对你说了也没用……"

"……"

"我呀，站在清水寺这里望着大京都的暮色，心里就在想着：'我真的是在京都城里出生的吗？'"

"你说些什么呢？脑子糊涂了吧……"

"这种事情，我干吗要瞎说呢？"

"你不是批发店里被千宠百爱的独生女吗？独生女变成妄想狂了。"

"我确是受着宠爱，如今也已不在乎曾是弃儿了，不过……"

"你有你是弃儿的证据吗？"

"店门前的红漆格子门就是证据。那扇老门知道一切。"千重子的声音越发清晰了,"大概是在我刚进初中的时候,妈妈把我叫去说:'千重子,你不是我亲生的,我们偷了一个可爱的婴儿后乘车溜之大吉。'不过,关于偷孩子的具体地点,父母亲无意中又口径不一致,一个说是在赏夜樱的衹园[1]里,一个说是在鸭川的河滩上……他们许是觉得被丢在店门口的弃儿会让人觉得太可怜了,于是编出这些话来……"

"噢。你不知道自己的亲生父母是谁吗?"

"现在的父母疼爱着我,我已经不想去寻找了。亲生父母或许已成仇野[2]一带的孤坟鬼影,连石碑也破旧了……"

春天柔和的暮色从西山过来,几乎给京都的半边天铺上了一层朦胧的红色。

真一难以相信千重子是个弃儿,而且是被偷来的。千重子家位于批发店群集的老街,只要在附近打听一下就能知道,真一如今却全无打听之意,让他困惑且希望知道的

---

[1] 衹园,京都市东山区八坂神社门前的一带。
[2] 仇野,曾位于京都嵯峨小仓山山麓的火葬场,后建有念佛寺,存有约8000座无主死者石佛。

是：千重子为何在这里做这样的告白？

可是，把真一带来清水寺，难道就是为了做出这番告白？千重子的声音变得越发澄澈，透着一股美丽的刚强，不像是对着真一在怨诉。

千重子无疑是隐隐知道真一对自己的爱，她的告白难道是为了让爱自己的人了解自己的身世？真一并不这样理解，毋宁说反倒让他听出了抢先将他的爱拒之门外的意思。即便"弃儿"之类的话是千重子所编造……

真一在平安神宫时再三强调千重子是幸福的，他希望千重子是在抗议他的这种说法，于是试探道：

"知道自己是弃儿后，你觉得孤寂吗，悲哀吗？"

"不，我一点也不孤寂，也不悲哀。"

"……"

"我要求上大学时，父亲说，作为一个要继承家业的姑娘，上大学是多余的，还不如好好学点买卖更重要。唯有在听到这话的时候，我有点……"

"是前年吗？"

"前年。"

"你对父母绝对服从吗？"

"是的，绝对服从。"

"婚姻这样的事情也如此？"

"是的，目前打算如此。"千重子毫不迟疑地答道。

"难道你就没有自我意识或自己的感情？"真一问。

"有呀，已经多得不知如何是好了。"

"你要压抑、抹杀这些？"

"不，不会抹杀。"

"尽说些谜一样的话，"真一的声音有点像是要笑，却又有点颤抖，他将前胸探出勾栏，想要窥视千重子的表情，"真想看看谜一样的弃儿的脸。"

"天已经黑了吧？"千重子这才转向真一，目光灼灼，"可怕……"她把目光投向正殿的屋顶，那厚丝柏树皮铺就的屋顶带着沉重、阴暗的重量感逼近，让她觉得恐惧。

尼庵与格子门

千重子的父亲佐田太吉郎三四天前就隐居于嵯峨[1]深处的尼庵了。

说是尼庵,庵主已过六十五岁。这种小尼庵既然位居古都,总是有点来历的,但它连大门也藏在竹林深处,难为人见,寂然无声,几与观光无缘,偶尔也在厢房举办个茶会之类,却无知名的茶室。这里的庵主常会出去教授花道。

佐田太吉郎在此借住一屋,如今自己好像也与这座尼庵相似了。

佐田的店好歹是位于中京[2]的一家绸缎批发店,周围的店家大多已是株式会社,佐田的店也同样采用了株式会社的形式,太吉郎自然就是社长,生意都交由掌柜(如

---

[1] 嵯峨,位于京都市右京区,隔着桂川与岚山相望,有多座寺庙。
[2] 中京,京都市的中京区。

今改称专务或常务）打理，只是仍然保留着许多旧时店家的规矩。

太吉郎自年轻时起就具名士气质且生性孤僻，全无为自己的作品举办染织个展之类的野心，即使举办了，作品恐怕也会因为在当时过于新奇而难有销路。

其父太吉兵卫在世时，先是默默观察太吉郎所为，发现他并不像店内的设计师或店外的画家那样画一些迎合时尚的图案，待到得知并非天才的太吉郎在走投无路之际凭借麻醉品的魔力，画一些友禅染[1]的古怪画稿时，便立刻把他送进了医院。

待太吉郎接班后，此类画稿渐渐司空见惯，令他颇为烦恼，独自躲进嵯峨尼庵，也是为了求得天降构图灵感。

战后，和服的图案也发生了显著变化，昔日靠着麻醉品想出的古怪图案，放到现在或许会被认为是新颖的抽象风格，但太吉郎毕竟年过半百了。

太吉郎也曾想过断然回到复古路线，旧日的那些优秀作品一件件浮现于眼前，古代衣料残片和旧式衣裳的图案、色彩全都进入脑海。当然，他也少不了漫步于京都的名园、野山，为和服图案做一些写生。

---

[1] 友禅染，日本的一种传统印染技法，主要用于丝绸。

中午时分，女儿千重子来了。

"爸爸，要吃森嘉[1]的炖豆腐吗？我买来了。"

"啊，谢谢……森嘉的豆腐固然让我欢喜，千重子过来更让我欢喜。傍晚前就别走了，让爸爸放松一下头脑，想出个好图样来……"

纺织品批发店老板本无必要画草图，甚至反倒会给生意添乱。

可是，太吉郎在店里也放了一张写字桌，就在基督灯笼所在的中庭的客厅深处的窗边，他有时在桌边一坐就是半天。桌子后方有两个陈旧的桐木衣柜，里面装着一些中国和日本的古代织品残片，柜子旁边的书箱里尽是各国的织品图录。

后面厢房的仓库二楼，有不少能乐[2]戏服和古代武家妇女的礼服之类，都原封不动地保存着，还有不少南洋各国的印花布之类。

这些东西有的是太吉郎的上一代或上上代收集的，若遇古代织品展会来征集展品时，太吉郎就会爱搭不理地拒绝道：

---

1 森嘉，位于京都嵯峨的料理店，以豆腐料理闻名。
2 能乐，日本的一种传统舞台艺术。

"我要遵照先祖的遗愿,东西概不出门。"

拒绝时一副毫无商量余地的模样。

因为是京都的老房子,上厕所时必须经过太吉郎写字台旁边的窄廊,他一般都会皱起眉头而不作声,但若店里动静稍大一些时,他就会不悦地说:

"不能安静点吗?"

掌柜两手支席,说:

"大阪来客人了。"

"买与不买都随他去,批发店多着呢。"

"这可是一位交往已久的老主顾,所以……"

"衣料是要用眼买的,要是用嘴买,不正说明他没长眼吗?买卖人瞥一眼就知道,尽管咱店便宜货较多。"

"是。"

从写字台下方到坐垫下面,都被太吉郎铺上了有些来历的外国地毯,他的周围还用南洋名贵的印花布圈成了帷幔。这是千重子的智慧,帷幔多少能减轻一些店头传来的声响。千重子经常更换这帷幔,每次更换时,父亲一面在心中体会着她的体贴,一面对她介绍这些帷幔的故事,诸如来自爪哇还是波斯,属于哪个时代,是哪种图案,等等,这些详尽的解说,有的千重子并不能听懂。

"用来做袋子可惜了,剪开做方巾又嫌大,要是做和服腰带,可以做几根呢?"千重子有一次打量着帷幔说。

"拿剪刀来。"太吉郎说。

父亲用千重子拿来的剪刀熟练地剪开做帷幔用的印花布。

"这个做你的腰带挺好吧?"

千重子一惊,眼睛湿润了。

"别,爸爸……"

"挺好,挺好。你系上这印花腰带,我或许又能想出构图思路来呢。"

千重子就是系着这条腰带去嵯峨尼庵的。

女儿身上这条印花腰带自然立刻进入太吉郎的视线,他却不去多看。作为印花布的图案,属于大气豪华、浓淡有致的一类,但是否适合做花季女孩的腰带,父亲还在思忖。

千重子把半月形饭盒放在父亲身旁,说:

"现在吃吗?我去做豆腐锅,一会儿就好。"

"……"

千重子站起身时就势回头去看门外的竹林。

"已是竹秋[1]了。"父亲说,"土墙也歪的歪、倒的倒,四处剥落,就像我一样了。"

千重子听惯了父亲这种说法,也就不去安慰他,只在嘴里重复着他说的"竹秋"。

"来时路上的樱花怎样了?"父亲轻声问道。

"池面上也有凋落的花瓣,山上的嫩叶间有一两株没落花的,经过时隔着一点距离看过去,反而挺好的。"

"哦。"

千重子进了后屋,太吉郎听见切葱和刮木鱼干的声音。千重子把一套做豆腐锅的樽源[2]炊具都带来了——她竟从家里搬来了这么多东西。

千重子认认真真地伺候着父亲。

"一起吃一口吧。"父亲说。

"好的。谢谢……"

父亲从女儿的肩一直往下看。

"太素了。千重子选的尽是我设计的图案,大概也只有你一个人会穿这样的衣服了,都是卖不出去的呀……"

"我是喜欢才穿的,挺好的。"

"嗯,太素了。"

---

[1] 竹秋,在日语中作为春的季语,代指阴历三月。源于此时竹叶变黄。
[2] 樽源,京都一家老字号,以木质炊具、餐具等用品知名。

"素归素，可是……"

"年轻姑娘穿得太素总不太好吧？"父亲的语气突然严厉了。

"经常见到的人却还夸我呢。"

父亲陷入沉默。

设计图案如今对于太吉郎来说已是一种兴趣爱好，他的批发店也已面向一般消费者。掌柜为了照顾老板的面子，也就只把两三张太吉郎的画稿拿去印染，其中一种就被女儿千重子主动选来经常穿着，衣料质地倒是精挑细选的。

"别再总穿我设计的花样了。"太吉郎说，"也不要只穿咱店的衣料了……你没有这样的义务。"

"义务？"千重子吃惊地说，"我可不是在尽义务呀。"

"千重子如果穿得花哨些，或许已经找到意中人了。"父亲放声而笑，脸上却不见笑容。

千重子伺候父亲吃炖豆腐的时候，父亲那张大写字桌自然就映入她的眼帘，从桌上看不出他在画京染[1]的草图。

---

1 京染，可特指友禅染，也可泛指具有京都传统特色的染织方式。

只有一个画江户[1]泥金画用的砚盒和两册高野切[2]的复制本（或不如说是字帖）放在桌子的一个边角。

千重子想，父亲来尼庵，是不是着意要忘掉店里的买卖呢？

"六旬老人在习字呢。"太吉郎羞涩地说，"不过，藤原假名[3]流利的线条，对于图案设计也不无帮助吧。"

"……"

"我也够可怜的，手都抖了。"

"把字写得大一点呢？"

"我是写得挺大了，可是……"

"砚盒上那串旧念珠是怎么回事？"

"啊，你问那个？我觍着脸向庵主讨来的。"

"您是戴着它去拜佛吗？"

"用现在的话说算是吉祥物吧，虽然有时也恨不得把它含在嘴里嚼碎呢。"

"啊，脏。念珠已被长年的手垢弄脏了吧。"

"怎么会脏呢，那不是两三代尼姑信仰的积垢吗？"

---

[1] 江户，东京旧称。
[2] 高野切，一种日本古墨迹残片，现存《古今和歌集》的最古抄本。
[3] 藤原假名，现存的最早平假名版本，发掘于藤原良相（813—867）的京都宅邸遗址。

千重子觉得自己触到了父亲的痛处,便低头不语,把剩下的炖豆腐端到厨房。

"庵主呢?"千重子从里屋出来说。

"马上该回来了吧。你要干吗?"

"我在嵯峨走走就回去。岚山现在人多,我喜欢野野宫[1]和二尊院[2]的小路,还有仇野那种地方。"

"你年纪轻轻就喜欢那些地方,将来令人担心呢。可别像我呀。"

"女的会像男的吗?"

父亲站在外廊目送千重子。

老尼没一会儿就回来了,立刻开始打扫庭院。

太吉郎坐在桌前,脑海中浮现出宗达[3]和光琳[4]画的蕨菜,还有春天的花草,他想到了刚回去的千重子。

走到有村落的路上,父亲隐居的尼庵便被掩没在竹林中了。

千重子想去参拜仇野的念佛寺,便踏着老旧的石阶爬

---

1 野野宫,位于京都岚山的神社。
2 二尊院,位于京都岚山的天台宗寺院。
3 俵屋宗达,生卒年不详,江户初期画家。
4 尾形光琳(1658—1716),江户中期画家。

到了左侧山崖的两具石佛附近，却听到上面人声嘈杂，便停了下来。

那几百座朽败的石塔群被称作无缘佛，最近会有摄影协会让一些女人穿着奇怪的薄衣单衫站在小石塔的群落中拍照片，今天会不会又是如此呢？

千重子从石佛前沿石阶往下走。她想起了父亲的话。

即使是为了避开春日岚山的游客，仇野和野野宫也确实不是年轻姑娘该去的地方。这比起选穿父亲设计的图案的素淡和服，也许更……

"爸爸在那尼庵好像啥都没做……"一阵淡淡的惆怅沁入千重子的心头，"还去咬那沾有手垢的旧念珠，他在想什么呢？"

千重子知道：父亲在店里，有时是在压抑着自己咬碎念珠的冲动。

"明明可以去咬自己的指头嘛……"千重子嘀咕着，摇了摇头，想把思路转移到自己与母亲来念佛寺敲钟的情景。

这钟楼是新建的，瘦小的母亲敲了钟，却没啥声音。

"妈妈，吸一口气。"千重子把自己的手掌合在母亲的手掌上一起去敲，钟响了。

"真的呀。这声音不知能传多远呢？"母亲开心了。

"咱们和经常敲钟的僧人还是不一样呀。"千重子笑着说。

千重子一面想着这些情景，一面沿着小路朝野野宫去，这小路旁"通往竹林深处"的字牌并不算旧。原先的微暗处已变得明亮起来，千重子还听到了野野宫门前小卖店的揽客声。

不过，小小的神社如今仍无变化。正如《源氏物语》中也有记载，供职于伊势神宫[1]的斋宫（内亲王）三年中潜其清净无垢之身于此，以行洁斋之仪，所以这里被视作皇居遗址，特别以带树皮的黑木牌坊和小篱墙闻名。

从这野野宫前走上野道，眼前便是开阔的岚山。

千重子从渡月桥跟前岸边的一排松树处乘上巴士。

"回家后如何说父亲的情况是好呢……尽管母亲已能料想到了……"

中京街上的房子多被明治维新前的"铁炮烧""咚咚烧"[2]烧毁，太吉郎家的店也难幸免。

所以，这一带虽还存留着一些带有古京风味——诸如

---

[1] 伊势神宫，位于三重县伊势市的皇室宗庙。
[2] "铁炮烧""咚咚烧"，原为两种日本料理方式，后也被用来借指京都1788年和1864年所遭两场大火。

红漆格子门和虫笼窗[1]——的店家,其实这些建筑的历史都未到百年,然而太吉郎店后的土仓据说倒是在这些火灾中幸存的。

太吉郎的店如今几乎没有什么变化,一方面可能缘于店主的性格,另一方面或许也是因为生意不大好吧。

千重子回家打开格子门,一眼可以看到店里深处。

母亲阿繁一直坐在父亲的桌前抽烟,左臂支桌托腮,身体前屈,像是在看书的样子,桌上却空无一物。

"我回来了。"千重子走近母亲。

"啊,回来了吗?辛苦了。"母亲回过神来,"你爸爸情况怎样?"

"嗯……"千重子思忖着如何回答,"我买了豆腐过去。"

"是森嘉的吗?你爸爸开心吧?做了炖豆腐?……"

千重子点头。

"岚山怎样?"母亲问。

"人很多……"

"爸爸把你送到岚山了吗?"

"没有,因为庵主没在家。"千重子答道,"爸爸好像

---

[1] 虫笼窗,京都地方旧式住房二楼一种竖条格木窗,因形似虫笼而名。

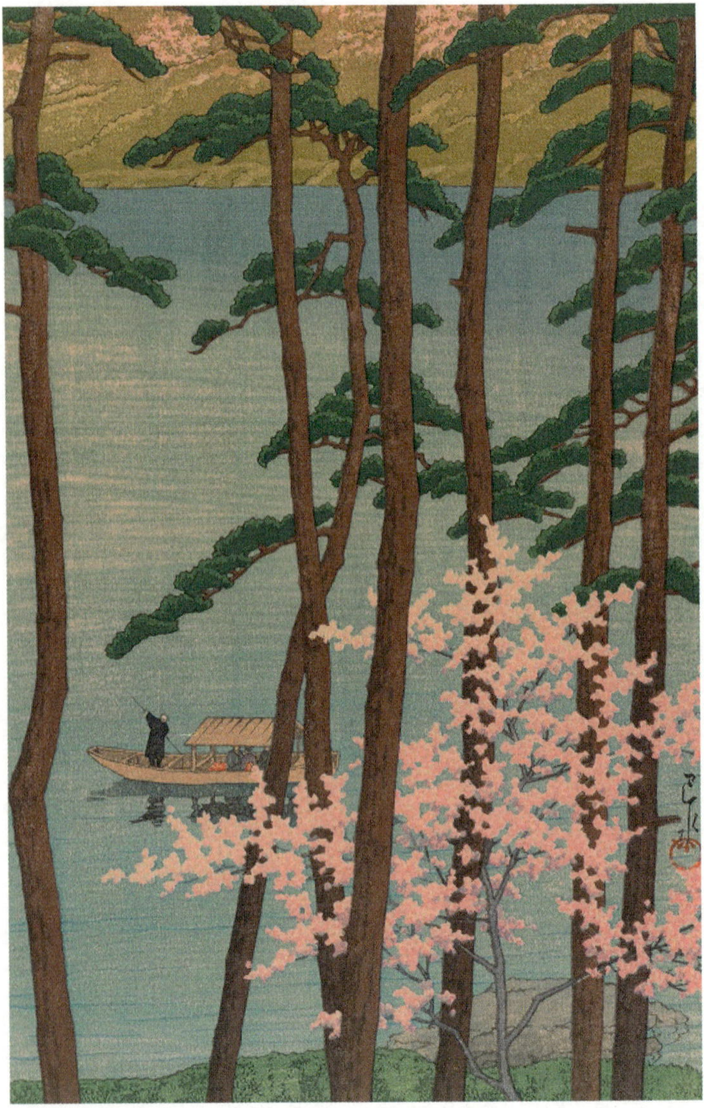

在练字。"

"练字呀。"母亲并无意外的样子,"练字能静心,也挺好的吧。我也要学学。"

千重子端详母亲白皙端庄的面孔,看不出什么动静。

"千重子,"母亲轻轻叫了一声,"千重子,你呀,也可以不必继承咱店的生意……"

"……"

"想嫁人也没问题。"

"……"

"你在听我说吗?"

"您为什么说这话?"

"一言难尽,但妈妈毕竟五十岁了,想到才说的。"

"干脆把这买卖停了?"千重子说着,那对美丽的眼睛就湿了。

"那也太急了吧……"母亲微微一笑。

"你说要把咱店的买卖停了,这是真心话吗?"

母亲的声音不高,态度却严肃起来。明明刚才还微微一笑的,难道是千重子看走了眼?

"是真心话。"千重子回答,一阵疼痛在心间穿过。

"我没生气,你不必显出那样的脸色。年轻人说,老年人听，哪个更伤感，这是明摆着的吧？"

"妈妈，对不起。"

"没啥对不起的。"这下母亲真的露出了微笑，"先前我对你说的，也并非妈妈的真心话呀……"

"我也是心不在焉，不知道自己该说啥了。"

"做人应该尽量说话始终如一，做个女人也是如此。"

"妈妈……"

"你在嵯峨对爸爸也说了同样的话吗？"

"没有，对他啥也没说。"

"是吗？不妨说给他听听嘛……作为男人，大概是会发怒，但心底却会高兴的。"母亲用手按着额头，"有机会坐在你爸爸的桌前，于是就想着你爸爸的事情了。"

"妈妈都看出来了吧？"

"看出什么？"

母女俩沉默了一会儿，千重子终于憋不住了。

"我去锦市场[1]看看做晚饭的菜吧。"

"好的，那就拜托了。"

千重子起身往店头去，先到了土间[2]。这个细长的土间直通后屋，在正对店头的墙角有一排黑色的灶台，那里有

1　锦市场，京都的菜市场。
2　土间，日本房子里没铺木地板或铺三合土的地面。

厨房。

如今毕竟不用大灶了，灶台后面有煤气炉，铺了木头地板。若像从前那样脚下是石灰地面，四面透风，在京都的严冬是十分难过的。

可是，灶台没被破坏（留存在多数人家），这似乎是因为普遍存在着对于灶火之神——荒神的信仰。灶台的后面供奉着镇火的护符，还排列着布袋[1]神像，布袋神像共有七尊，每年初午[2]人们便去伏见的稻荷神社买，一年买一尊，直到凑足七尊。在这期间家里若有人去世，则须再从第一尊重新买起。

千重子店里的灶神已七尊齐备，双亲加女儿的三人家庭，在这七年乃至十年中都没人去世。

灶神之列的旁边放着一个白瓷花瓶，每隔两三天，母亲便会换水并仔细地擦拭搁板。

千重子拎着购物篮刚出门，便看到一个年轻男人踏进她家的格子门，与她一步之差。

"银行的人。"

---

1 布袋，中国传说中唐末五代时期的禅僧，经常袒露大肚子，肩背布袋云游四方化缘，被称为布袋和尚，在日本被尊为七福神之一。
2 初午，每年2月的第一个午日。

对方好像没有留意到千重子。

这位年轻的银行职员常来,所以千重子觉得不会有什么可担心的事,但脚步却变得沉重了。她靠近店前的格子门,边走边用手指一根根地轻轻触碰那些格子。

在自家店前的格子已到尽头处,千重子回头去看店铺,然后又抬头看。

二楼的虫笼窗前,一块旧招牌很醒目,招牌上面还搭着个小小的檐顶,像是老铺的标志,又像装饰物。

春天和暖的斜阳淡淡地投在招牌那陈旧的金字上,看上去反而给人一种冷寂的感觉。店门口那厚棉门帘也已褪色发白,露出了粗线头。

"唉,即便是平安神宫的垂枝红樱,以我的心情去看,大概也有冷清的时候吧。"千重子加快了步伐。

锦市场如往常一样熙熙攘攘。

快要回到父亲店里时,千重子遇到一位白川女[1],便招呼道:

"去我家坐坐吧。"

"好的,谢谢。正好您回来了……"那姑娘说,"刚才去哪里了?"

---

[1] 白川女,京都市东北部北白川一带的女子。当地盛产花卉,白川女多行走各地贩卖鲜花。

"锦市场。"

"您真能干。"

"我想要点供神用的花。"

"好的,承蒙经常照顾生意……您看喜欢哪种。"

说是花,其实就是一些神木树枝,刚长出些嫩叶。

每月的一号和十五号,白川女总会带花过来。

"今天小姐您在,真好。"白川女说。

挑选带嫩叶的小树枝时,千重子的心情也变得欢快起来。她一只手攥着树枝,一进家门就说:"妈妈,我回来啦。"声音特别明快。

千重子把格子门开了一半,又回头去看,卖花的白川女还在原地,便招呼道:

"进来歇歇再走。我去沏茶。"

"欸,谢谢。每次对我这么客气……"姑娘点头,然后举起一束野花经过土间,"这野花虽没啥情趣……"

"谢谢。我就喜欢野花,亏你还记着……"千重子望着来自野山的花。

进了家门,在灶台近前有一口老井,上面罩着一个竹编的盖子。千重子把花和树枝都放在盖子上。

"我去拿把剪刀来。对了,神木的叶子还得洗一洗才行……"

"我这里带着剪刀呢。"白川女说着把剪刀弄响了给她听,"您家的灶神总是收拾得干干净净,我们卖花的也真应该感谢才是。"

"那是妈妈的习惯。"

"小姐您也……"

"……"

"近来许多人家的灶台、花瓶、井口都积满灰尘,脏兮兮的,卖花的看了心里也越来越不好受。可是到了您家一看就安心、就开心了。"

"……"

千重子没法告诉白川女,家里的买卖却越来越不景气,这才是要紧的。

母亲仍坐在父亲的桌前。

千重子把母亲叫到厨房,让她看从市场买来的东西。母亲看着女儿从篮子里拿出来的一样样东西,觉得这孩子也越来越俭省了,尽管也可能是父亲去了尼庵不在家的缘故。

"我也帮你一起做吧。"母亲站在厨房说,"刚才来的那位是常来的卖花女吗?"

"是的。"

"你给爸爸的画册在嵯峨的尼庵吗?"

"我没见到……"

"他只带走了你给的书。"

那是一本画集,收有保罗·克利[1]、马蒂斯[2]、夏加尔[3]以及一些更现代、更抽象的画家的作品。千重子为父亲买来,是希望能唤醒他的灵感。

"咱店其实根本无需你爸爸去画设计图,找一些外面印染的东西回来卖卖就行了,你爸爸却……"

"不过,你倒是整天穿着你爸爸设计的和服,妈妈也该谢谢你呢。"母亲继续说。

"说啥谢谢呀……我只是因为喜欢才穿的。"

"爸爸看见女儿身上的衣服和腰带,也是难抑心头的伤感吧?"

"妈妈,虽然素净了点,但仔细看看,还是挺有味道的,也有人夸我呢。"

千重子想起今天跟父亲也说过同样的话。

---

[1] 保罗·克利(1879—1940),德国画家,出生于瑞士,其画风多样,被认为是表现主义、抽象主义和超现实主义艺术家。
[2] 亨利·马蒂斯(1869—1954),法国画家、雕塑家,野兽派代表人物。
[3] 马克·夏加尔(1887—1985),犹太人画家,生于白俄罗斯,其画作个性鲜明,极具想象力。

"虽说漂亮的姑娘有时反倒适合素净的打扮……"母亲说着掀开锅盖,用筷子试了试锅里的炖菜,"不知你爸爸后来为什么就画不出时尚、流行的东西了。"

"……"

"他以前也是画过一些非常时尚、新奇的作品的……"

千重子点点头:"妈妈不穿爸爸设计的衣服吗?"

"那是因为妈妈已经老了……"

"总是老了老了的,您才多少岁呀?"

"老了呀……"母亲只是重复道。

"有一种非物质文化遗产,一位小宫先生设计的江户小纹,那东西被年轻人穿在身上,反倒被人称赞、受人注目,走过的人都会回头再看。"

"你爸爸是不好跟小宫先生那样杰出的人放在一起比较的。"

"我爸爸从精神底蕴来说……"

"你越说越玄了。"母亲摇动着她那张具有京都风韵的白皙的脸,"不过,千重子,你爸爸说要为你的婚礼做一套令人瞩目的华美和服……妈妈也早就盼着了……"

"我的婚礼?"千重子的脸上蒙上了点阴影,沉默了一会儿,"妈妈,在至今的人生中,有过什么让您魂不附体的事情吗?"

"关于这，我以前好像也说过，一次是跟你父亲结婚，另一次是跟你父亲一起偷了一个可爱的宝宝千重子后逃走——偷了千重子乘车逃走的时候。虽已是二十年前的事情，现在想起还心扑扑乱跳。千重子，你摸妈妈的胸口看看。"

"妈妈，千重子是个弃儿吧？"

"不对，不对。"母亲拼命摇头。

"人这一辈子总会做过一两件可怕的坏事呀。"母亲继续说，"抢走婴儿，这比偷钱或拿人家任何东西都罪孽深重吧，或许比杀人更坏。"

"……"

"千重子的父母亲大概要急疯了，想到这，现在是想还也还不回去了。当然，如果你自己想去寻找亲生父母，那我也没办法……我这个做母亲的可能也就活不了了。"

"妈妈，您别再说这些了……千重子只有您这么一个妈妈，我从小到大一直是这么想的……"

"我明白你的心情，但正因如此，我们的罪孽就更重了……我和你父亲都做好了下地狱的思想准备，只要这辈子能有你这么个好闺女，下地狱又算得了什么？"

听到母亲这么激动的语气，再看看她的脸，已是泪流满面。千重子也噙着泪水说：

"妈妈，请您说真话，千重子是弃儿吗？"

"不是，你说得不对……"母亲又摇头说，"千重子，你怎么会觉得自己是弃儿呢？"

"我不相信您和爸爸会去偷孩子。"

"我刚才不是说了吗，人这一辈子总会做一两件让自己魂不附体的坏事。"

"若照您说的，那么是在什么地方捡到我的呢？"

"赏夜樱的祇园。"母亲毫不迟疑地说道，"以前也曾说过的吧，樱花树下的椅子上躺着一个可爱的小宝宝，见了我们就笑，笑得像花儿一样，让人没法不把她抱起来。一抱起来便心里一紧，已经按捺不住。我用自己的脸去蹭孩子的脸，再看看你父亲，他就说：'阿繁，咱们把这孩子偷走吧。'我问：'啊？'他说：'跑，快跑！'后来的事情就像做梦一样了，大概是在芋棒[1]料理店'平野屋'附近跳上车的吧……"

"……"

"孩子的母亲大概是稍微走开了一会儿，就是那么一个间隙。"

---

1 芋棒，芋艿煮鳕鱼干，京都的特色料理。

母亲的话似也没有什么不合逻辑之处。

"命运……千重子从那以后就成了我的孩子，不是已经二十年了吗？对千重子来说不知是好是坏，即使是好事，我仍是每天都在心中暗暗合掌祈求宽恕，你父亲也是这样吧。"

"是好事，妈妈，我觉得是好事。"千重子用双手捂住眼睛。

不管是捡来的弃儿还是偷来的孩子，在户籍簿上，千重子是被登记为佐田家嫡女的。

刚从父母亲那里得知自己并非亲生时，千重子还完全没有实感。刚上初中的千重子甚至怀疑，是因为自己有什么地方让父母不满意，才被他们这么说的。

也许父母怕千重子会从邻居那里听说什么，于是就先把事情挑明了吧。又或许是他们相信千重子对于自己的情感之坚定，并且已经到了明辨事理的年龄？

千重子确实吃惊，却又不怎么难过，即使到了青春期，也没太为此事烦恼。她对太吉郎和阿繁的爱及亲近感都无变化，也未纠结于此事而不得解脱，这也是千重子的性格使然吧。

可是，既然不是这家亲生，那就该有亲生父母在某个地方，或许还有兄弟姐妹也未可知。

"倒也不是要去相见……"千重子想，"更重要的是，他们的日子一定很苦吧？"

这也非千重子能把握的事，真正沁入她心间的，倒是这格子门后深处父母亲的忧愁。

她在厨房用手掩目也缘于此。

"千重子，"母亲阿繁把手放在女儿肩上摇晃，"从前的事你就别再问了。世上不知何时或哪里，都可能会有玉石散落的。"

"玉石？我真是块大玉石呀。要是真能给妈妈做个戒指什么的，那敢情好，可是……"千重子说到这里又打起精神干活了。

吃完晚饭收拾好了以后，母亲和千重子上了后屋二楼。

二楼临街有虫笼窗的房间天花板很低，陈设简陋，是让伙计们睡觉的地方。中庭旁的走廊直通后屋的二楼，从店里也可上楼，重要的客人会被带到二楼招待或住宿，现在一般的客人都是在面对中庭的客厅里完成生意的洽谈。说是客厅，也与店头和后屋相连，架子上放不下的衣料就堆在客厅的两侧，因为又长又宽，所以便于把货品摊开展示。这里一年到头都铺着藤席。

后屋的二楼屋顶较高，有两个六铺席大小的房间，是父母和千重子日常起居和睡觉的地方。千重子坐在镜前，解开原先梳得很整齐的长发，对着隔扇门叫了声"妈妈"，声音里含着万般思绪。

和服街

作为一个大都市,京都树叶的颜色算是很美的。

且不说修学院离宫[1]和御所[2]内的松林以及古寺大庭院中的树木,光是街上那些行道树——诸如木屋町和高濑川岸边的垂柳,还有五条和堀川的垂柳——就立刻能映入游客的眼帘。那才是真正的垂柳,绿枝垂地、万般温婉。延绵毗连成浑圆形的北山上,红松等树木也无不令人赏心悦目。

尤其是在现在这样的春天,东山嫩叶已现色彩,若是晴天,比叡山的嫩叶的色彩亦可远眺。

城市因树而美,一方面也是因为清洁工作的到位。即使在祇园等地方,进入深处的小路,周围虽是一排排灰暗陈旧的小房子,路上却干干净净。

---

[1] 修学院离宫,位于京都市比叡山麓的离宫,归宫内厅管理。
[2] 御所,京都的宫殿建筑群,曾是天皇居所。

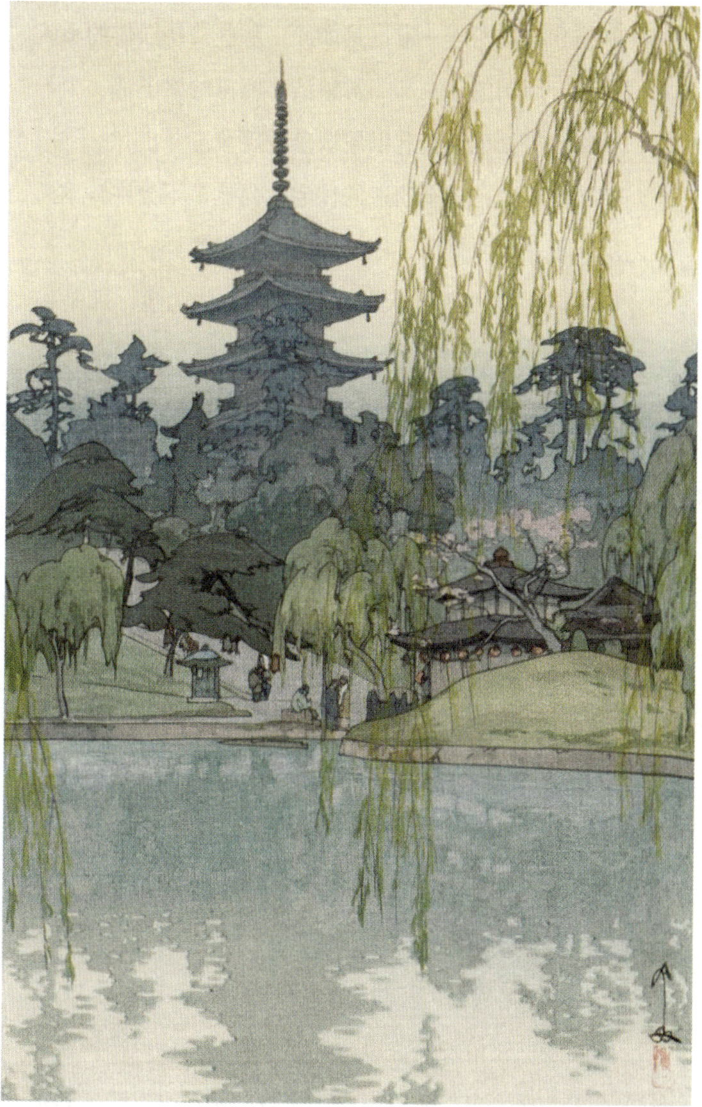

制作和服的西阵一带也是如此，那些挤挤挨挨的小店看似寒碜，周围的路上却非常整洁，门窗的格子都一尘不染，植物园等处也不会有纸屑散落的现象。

植物园里曾有美军建造的住宅，当然是不允许日本人入内的。现在军队撤出，植物园又恢复了原样。

植物园里有西阵的大友宗助喜欢的林荫道，那是一条樟木林荫道。樟木并非大树，路也不长，他却常在这里散步。如今正是樟树抽芽的时节，他有时会在织机声中思忖。

"那些樟木不知怎样了？不至于被占领军砍伐了吧？"

宗助在等着植物园重新开放。

出了植物园后沿着鸭川岸边的上坡路稍走一段，这是宗助散步时的习惯，这样就可边走边看北山了。他一般都是独自散步。

植物园再加鸭川，他也顶多只走一小时左右，但这样的散步让他怀念。就在现在他又想起的时候，妻子叫他：

"佐田先生来电话了，好像是从嵯峨打来的。"

"佐田？嵯峨？"宗助起身往账房去。

织匠宗助比批发商佐田太吉郎小四五岁，但即便抛开买卖不说，两人也是脾性相投，当然，年轻时也曾一起荒唐过，不过，近来多少有点疏远了。

"我是大友，好久没见了……"宗助接了电话。

"啊，大友先生。"太吉郎的声音显出少有的兴奋。

"你去嵯峨了吗？"宗助问。

"我静悄悄地躲在嵯峨一个静悄悄的尼庵里。"

"您这倒有点怪了。"宗助故意换了尊称，"尼庵里也有各种各样的……"

"不，是真正的尼庵……只有一个上了年纪的庵主……"

"那也不错，只有一个庵主在，你就可以找姑娘来……"

"胡扯。"太吉郎笑了，"今天啊，有件事要拜托你。"

"好的，好的。"

"我马上去你那里可以吗？"

"欢迎，欢迎。"宗助有点狐疑，"我这里走不开。你在电话里也能听到织机声吧？"

"原来是织机声呀，真亲切。"

"瞧你说得。要是织机停了，我又能干吗呢？不像你可以躲到尼庵里去。"

佐田太吉郎乘车到宗助的店里，用了不到半小时。他立刻解开一块包袱布，摊开里面的画稿，满眼放光地说：

"这个想拜托你了……"

"哦——"宗助打量着太吉郎的表情，"是腰带呀。

对于你来说，这可够漂亮、够时尚的呀。嘿嘿，躲在尼庵里的人居然……"

"你又来了……"太吉郎笑了，"是给我女儿的。"

"呵呵，织出来后，你家小姐可不得吓一大跳吗？问题首先是，她肯用吗？"

"其实是千重子给了我两三本克利的画集……"

"克利？克利是……"

"据说是老一辈的抽象派画家，作品平实、高雅、具有理想，易被日本的老人接受。我在尼庵反复翻看之后，画出了这样的图案，与日本古代留下的那些残片截然不同了吧。"

"是呀。"

"究竟会是啥样，我想让你织出来看看。"太吉郎的激动似乎还没平息。

宗助对着太吉郎的图稿看了一会儿，说：

"呵呵，真不赖，色彩的搭配也好……好呀，从来没有过的新颖图案，却也还是素雅的，挺难织的。让我用心试试吧，希望能把女儿的孝心和父亲的慈爱都充分表现出来。"

"谢了……近来动不动就谈什么 idea、什么 sense 之类的，连色彩都要去学西洋的流行色。"

"也没那么高级吧？"

"我最讨厌那些带洋词的玩意儿，日本自古以来不就有一些难以形容的优雅色彩吗？"

"是呀，光是黑色，就有各种各样的说法。"宗助点点头，又说，"但我今天也想过了，现在织腰带的也有像伊豆藏[1]那样在四层洋楼里的现代工业，西阵今后也会朝那个方向发展吧。一天可产出五百根腰带，不久员工也将参加经营，平均年龄听说只有二十多岁。咱们这样用手织机的家庭生产在这二三十年内必会消亡的吧？"

"你说啥呢……"

"即使存活，大概也成不了非物质文化遗产吧。"

"……"

"像佐田你这样的人，还能去学学克利啥的。"

"他叫保罗·克利。我躲在尼庵里，花了十天半个月的时间，日夜苦思冥想，这腰带的图案和颜色都挺有想法吧？"太吉郎说。

"挺有想法，有日本味的雅致。"宗助忙说，"不愧是出于佐田先生之手。我会织出一条好腰带来的，型板我也

---

[1] 伊豆藏，京都西阵的丝绸染织业世家。

会请出色的师傅用心做。哦,对了,要论织工手艺,秀男比我好,让他来织吧。他是我大儿子,你知道的。"

"嗯。"

"秀男织得比我更精致,所以……"宗助说。

"那就全拜托你了。我虽是批发商,但东西大多是卖到地方上去的。"

"你客气了。"

"这腰带不是夏天而是秋天用的,但我还是想早点看到。"

"行,我知道了。配这腰带的和服呢?"

"我先考虑腰带了……"

"你是批发商,和服尽可以百里挑一……这应该没问题。不过,你这是在给女儿张罗婚事了吧?"

"不是,不是。"太吉郎脸红了,像是被说到了自己的婚事。

西阵的手织机据说难以延续三代。这大概是因为手织机属于工艺之类,父亲即使是个出色的织匠,也就是说技艺高超,却不一定能传给儿子。即便儿子能得父亲亲授,且自己也认真勤奋,毫不懈怠,却仍是如此。

然而也有这样的情况:孩子到了四五岁先学缫丝,十岁到十二岁时接受机织工的培训,然后便可租机揽活,因此孩子多就能给家里帮忙增光。另外,六七十岁的老太还能在自己家中缲丝纺线,有的家庭因此而有祖母和小孙女对坐干活的情况。

大友宗助家中,则是老妻一人绕丝卷线,整天低头而坐,因此看上去比实际年龄要老,而且沉默寡言。

家里有三个儿子,各人在自己的高机上织腰带。家里有三台高机自然算是很不错的了,有的人家只有一台,也有人家是租机生产。

长男秀男正如宗助所言,手艺胜过父亲,且为织界和批发界所知。

"秀男,秀男。"尽管宗助在喊,却似乎没被听到。他家只有三台木质手织机,不像有很多台机械织机那样吵闹。宗助觉得自己的声音已经很大了,可是秀男的织机离他最远,已经靠近庭院了,织的又是最难的袋带[1],大概是因为全神贯注而没听到父亲的声音。

"老太婆,去叫秀男过来好吗?"宗助对妻子说。

"嗯。"妻子掸了掸膝盖,下到土间,一边往秀男的织机走去,一边握拳捶腰。

---

1 袋带,一种女用筒式和服腰带,无布质内衬。

秀男停下手中的梭子往这边看，却没有马上站起来，也许是因为太累了。他知道来了客人，所以也没等甩甩胳膊伸个懒腰，只是擦了把脸就过来了。

"欢迎光临这么邋遢的地方。"他面无表情地跟太吉郎打了个招呼，无论面孔还是身体都留着辛苦干活的痕迹。

"佐田先生设计了腰带的图案，要让咱家替他织出来。"父亲说。

"是吗？"秀男仍是不大情愿的语气。

"是一条很重要的腰带，所以与其由我动手，还是你织更好。"

"是您家千重子的腰带吗？"秀男那白皙的面孔这才朝向了佐田。

作为京都人，总是要为儿子的冷淡态度做解释的。

"秀男从早忙起，实在是累了……"父亲宗助打了个圆场。

"……"秀男不应。

"非得这样投入才能做好事情……"反是太吉郎说了抚慰的话。

"我满脑子还是那些乏味的袋带，请包涵。"秀男只是低了低头表示歉意。

"好呀,手艺人非得这样才行。"太吉郎再次首肯。

"明明是没什么意思的东西,却又让人知道是我织的,那就更令我难受了。"秀男低着头。

"秀男!"父亲的语调变了,"佐田先生的活儿可不是这样,他是躲在嵯峨的尼庵里画出这草图的,不是要卖的。"

"是吗?哦,在嵯峨的尼庵……"

"让他看看吧。"宗助对太吉郎说。

"好的。"

太吉郎被秀男的气场压倒,走进大友家时的那股劲头已所剩无多。

他把图稿摊开在秀男面前。

"……"

"你看行吗?"太吉郎怯怯地问。

"……"秀男看着图稿,并不作声。

"不行吧?"

"……"

秀男顽强地沉默。

"秀男!"宗助忍不住了,"你答话呀。太没礼貌了吧?"

"是。"秀男依旧不抬头,"我也是匠人,所以正在仔细欣赏佐田先生的图案呢。这不是一件可以随意应付的活儿，是千重子小姐的腰带吧？"

"是呀。"父亲虽然点头，但还是为秀男的反常而纳闷。

"不行吗？"太吉郎重复这话时的语气也不禁少了谦恭。

"没问题。"秀男态度平静，"我没说不行。"

"你嘴上不说，心里却……你的眼睛就流露了这种意思。"

"是吗？"

"说啥呢……"太吉郎直起膝盖，扇了秀男一记耳光。秀男并没躲闪。

"请您尽管打我。因为我做梦也不会认为佐田先生的图案没意思。"

也许是因为被扇了耳光，秀男的面孔反倒有了勃勃生气。

现在是被打的秀男在以手支席赔罪，顾不上去捂被打红的半边脸。

"佐田先生，对不起了。"

"……"

"虽惹您生气了，但我还是希望您让我织这腰带。"

"是吗？我本来就是为此而来的嘛。"太吉郎努力让自己平静下来，"我也要请你原谅。已经这把年纪，尤其不该这样呀。打得我手也痛了……"

"应该借我的手打——织匠的手，皮厚嘛。"

两人都笑了。

然而，太吉郎心头的疙瘩仍未解开。

"我已经记不清多少年没打人了，这暂且就请你多多包涵吧。我想问的是，秀男，你见到我的腰带图案时，为什么那样阴阳怪气呢？能照实告诉我吗？"

"嗯。"秀男的脸又阴沉了下来，"我还年轻，而且只是一个工匠，所以搞不明白，您说这图是躲在嵯峨的尼庵里画的？"

"是的。今天仍要回庵里，还要住半个月左右吧。"

"别去了。"秀男语气强硬，"您回家吧。"

"在家静不下心来。"

"这幅腰带图案华丽、时新，让我吃惊，不知佐田先生怎么会画出这样的图案，于是仔细一看……"

"……"

"虽能吸引人的注视和兴趣，但缺少一种内心的温暖与和谐，不知怎的，给人一种粗糙和病态的感觉。"

太吉郎脸色铁青，嘴唇颤抖，说不出话。

"再怎么冷清的尼庵，都少不了狐精狸怪之类，别是把佐田先生魅住了吧……"

"嗯……"太吉郎把画稿拉到自己膝前专心凝视，"啊……你说得好。尽管年轻，却了不起。谢谢你……让我再好好考虑一下，重新画过。"说完匆匆卷起图稿，塞进了怀里。

"别，这样就挺好的，织出来感觉就不一样了，何况画稿的墨色与织品的染色也……"

"谢谢。秀男你能用这张图稿织出我对女儿那种爱的温暖吗？"太吉郎嘴上说着，草草道了个别就出了店门。

出门便有一条小河，是真正京都式的小河，岸边的小草也以一副典雅的姿态，朝水面侧着身子。岸上那白墙建筑就是大友家的房子吧。

太吉郎在怀间把腰带图稿捏成小团后掏出来扔进了小河。

阿繁意外地接到来自嵯峨的电话，问她能不能带女儿一起去御室[1]赏樱花。她从未跟丈夫一起去赏过花，因此不知如何是好。

"千重子，千重子。"阿繁求助似的叫女儿，"你爸爸

---

1 御室，地区名，位于京都市右京区，宇多天皇曾在此地区的仁和寺内设置御室御所，故名。

来了电话，你来接一下。"

千重子过来，把手搭在母亲肩上听电话。

"是的，妈妈也一起去，在仁和寺前的茶店会合。好的，尽快……"千重子放下电话便朝母亲笑着说，"不就是约我们赏花吗，我被妈妈吓了一跳。"

"为何连我都约呢？"

"爸爸说御室的樱花现在正是最盛的时候……"

千重子催着犹疑不定的母亲出了店门，母亲还是一副惊讶的样子。

御室的有明樱、八重樱在市内的樱花中开得最迟，算是京都樱花的余韵吧。

进了仁和寺的山门，左手的樱林（或可说是樱田）中，开满的樱花压弯了枝条。

可是太吉郎却说道：

"哇，这真够呛。"

樱林道上有一排大长凳，传来一片饮酒和唱歌的喧哗声，四处狼藉，还有一些乡下来的老太太欢天喜地地跳着舞，有的醉汉则大声打着呼噜，甚至从凳子上滚落下来。

"真不像话！"太吉郎站住了，一副遗憾的表情。

三人没再朝花丛中去。当然，御室的樱花是他们早就熟悉的了。

樱林深处升起了赏花客烧垃圾的烟雾。

"怎么样,找个静处躲躲吧,阿繁。"太吉郎说。

正准备回去时,与樱林反方向的高大松树下的长凳旁,六七个朝鲜女子穿着朝鲜服装,敲着朝鲜大鼓,跳着朝鲜舞蹈,倒是别有一番情趣。松林的绿色间也会冒出一些山樱来。

千重子驻足望着朝鲜舞蹈,说:

"爸爸,还是安静点好,植物园如何?"

"那里可能不错。看了一眼御室的樱花,也算是完成了对春天的义务。"太吉郎说完便走出山门,上了车子。

植物园从今年四月开始重新开放,京都站前开往植物园的电车也频繁出动了。

"植物园如果人也太多,就去加茂川的岸边走走吧。"太吉郎对阿繁说。

车子行走在一片新绿的街市。比起新建的房子,倒是那些旧房子附近的嫩叶显得更有生气。

从植物园门前的林荫道开始,视线开阔敞亮起来,左手边便是加茂川的河堤。

阿繁把门票夹在腰带间,开阔的视野让她心胸也开朗起来。平时在批发街，山也只能见到边边角角，何况她连店门前的街道都很少去。

一进植物园，只见迎面的喷水池周围开着郁金香。

"已经不像京都的景色了，难怪美国人在这里盖房子住了。"阿繁说。

"瞧，就在最里面吧。"太吉郎答道。

虽然没什么春风，但走近喷水池就会感觉到水珠四溅。喷水池的左侧建了个特大的温室，有着钢筋玻璃的圆形屋顶，因为只准备作短时间的散步，三人只是隔着玻璃看了看里面的热带植物群，并没进去。路右侧的高大雪松正在萌芽，下层的树枝覆盖地面，虽然是针叶树，但那新芽的嫩绿并不给人"针"的感觉。雪松与唐松不同，不是落叶树，但若也是落叶树，还会有这样梦一般的萌芽吗？

"我被大友的儿子说了一通。"太吉郎没头没脑地冒出一句，"他比他父亲手艺好，眼也尖，看得透。"

对于太吉郎的自言自语，阿繁和千重子自然是莫名其妙。

"您见了秀男吗？"千重子问。

"听说是个好织手。"阿繁只说了这么一句。太吉郎素来就讨厌被别人反问。

从喷水池右边往前走,到尽头处再左拐,好像是儿童游乐场,传来喧哗声,草地上堆着很多小包之类。

太吉郎三人在树荫处右拐,没想来到了一大片种郁金香的田地,鲜花盛开,令千重子几乎叫了起来。一块块的田里分别开满了红、黄、白,以及黑山茶般浓紫色的郁金香,而且都是大朵的。

"嗯,这下应该把郁金香用在新和服上了,尽管以前我会认为这很荒唐。"太吉郎叹了口气。

如果把雪松萌发幼芽的下层树枝比作孔雀开屏,这里满开的五颜六色的郁金香又该被比作什么呢?太吉郎久久地盯着看,众花的色彩濡染了空气,甚至像是映进了人的身体里面。

阿繁稍稍离开丈夫,尽量朝女儿千重子身边靠。千重子觉得奇怪,但没表露在脸上。

"妈妈,白郁金香前的那些人好像是在相亲。"千重子低声对母亲说。

"欸,好像是的。"

"去看看,妈妈。"女儿拽着母亲的衣袖。

郁金香前有泉水,有鲤鱼。

太吉郎从凳子上站了起来,走近去看郁金香花。他蜷着身子，连花瓣内里都看了，然后回到母女俩面前。

"西洋花再美，也会叫人看厌的。你爸爸还是喜欢竹林。"

阿繁和千重子也站了起来。

郁金香田是一片被树林围着的洼地。

"千重子，植物园是西式的庭院吧？"父亲问女儿。

"我也不太清楚，有点像吧。"千重子回答，"咱们陪妈妈再多待一会儿好吗？"

太吉郎无可奈何地从花丛中走了出来，有人叫他。

"佐田……果然是佐田呀。"

"啊，大友，秀男也来了？"太吉郎说，"没想到……"

"不，应该是我们没想到。"宗助深深鞠了一躬。

"我喜欢这里的樟木行道树，一直在等重新开园。都是五六十年树龄的樟木了，我们慢慢悠悠地逛过来的。"宗助再次低头致歉，"前些日子我儿子多多得罪了……"

"年轻人嘛，没啥。"

"你是从嵯峨过来的吗？"

"欸，从嵯峨过来，阿繁和千重子从家里来的。"

宗助走近阿繁和千重子，和她们打招呼。

"秀男，这郁金香怎样？"太吉郎的语气带着几分威严。

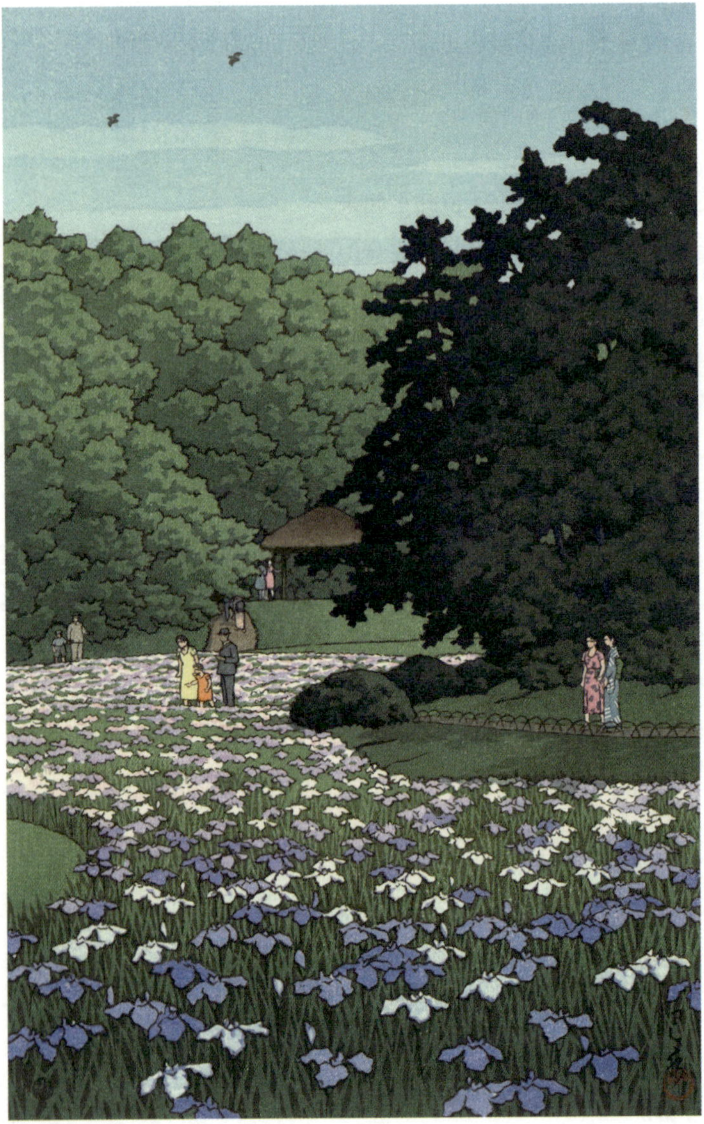

"鲜活的。"秀男仍是一副生硬的样子。

"鲜活？是呀，确实是鲜活的。不过我已有点腻了，这花太多了……"太吉郎扭过头去。

这是鲜花，虽然命短，却明显是鲜活的，来年还会挂蕾开放，就像这大自然一样具有生命……

太吉郎又一次被秀男刺了一下，令他不悦。

"我的目光短浅呀。郁金香图案的和服和腰带我虽不喜欢，但若让好的画家画出来，郁金香也能成为一幅生命力永存的作品吧。"太吉郎说话时脸朝着一侧，"古代留下的衣料残片也是这样，没有什么能比这古都京都更古老的了。这么美好的东西已经没人再能创造，只能模仿而已。"

"……"

"就拿活着的树来说，没有比咱京都年代更久的了，难道不是吗？"

"我没说过这么艰深的话。每天在啪嗒啪嗒响的织机旁，哪能去想高深的事情。"秀男低着头，"不过，要是打个比方，您家千重子小姐如果往中宫寺或广隆寺[1]的弥

---

1 中宫寺和广隆寺分别位于奈良和京都。

勒佛面前一站,不知要比弥勒美多少呢。"

"你是说给千重子听,逗她开心的吧?这个比喻可让咱担当不起哟……秀男,我闺女马上就要变老了,你瞧着好了,快得很呢。"太吉郎说。

"正因如此,我才说郁金香鲜活呀。"秀男加重了语气,"花期虽短,但开放的时候不是生气勃勃吗?她也正当时呀。"

"是这样。"太吉郎把脸转向秀男。

"我并没想自己能为您织出一条能给子孙后代一直系用的腰带,如今……只想织出一条可以称心如意地系在身上的腰带,哪怕只系一年也好。"

"好志向。"太吉郎点头赞许。

"没办法,毕竟与龙村[1]不一样。"

"……"

"我说郁金香现在是鲜活的,也是出于这样的心情。眼下郁金香开得如此之盛,却也会有两三瓣凋落的吧?"

"是的。"

"要说落花场景,都知道樱花的花落如飞雪,不知郁金香会是怎样的。"

---

1 龙村,即龙村平藏(1876—1962),染织工艺专家,1894年创立"美术织物"品牌。

"总是花瓣散落吧……"太吉郎说,"不过我有点腻味太多的郁金香,色彩过浓,反倒好像没了味道……毕竟年纪大了。"

"走吧。"秀男催太吉郎,"送到我家来的郁金香图案型板上的郁金香总是没有生气,这回可让我耳目一新了。"

太吉郎一行五人从低洼处的郁金香园登上了石阶。

石阶旁的雾岛杜鹃树丛与其说是一道树篱,莫若说是一道厚堤,眼下虽非花期,但那茂盛的细小嫩叶却把郁金香盛开时的五颜六色衬得分外醒目。

右上方是一片开阔的牡丹园和芍药园,这里也还不曾开花,而且也许因为是新建的,他们都不太熟悉,但在这里可以看到东边的比叡山。

在植物园的任何位置,几乎都可望见比叡山、东山、北山,但在芍药园可与东面的比叡山正面相对。

"也许是因为雾霭太浓,比叡山看起来好像矮了。"宗助对太吉郎说。

"都说春雾本应是柔和的……"太吉郎眺望良久,"大友,这春雾没让你觉得春天正在逝去吗?"

"是吗?"

"春雾那么浓,反而……春天也就快要结束了。"

"是的呀。"宗助又说，"也太快了，我还没好好去赏樱花呢。"

"也没什么好看的吧。"

两人默默地走了一会儿，太吉郎说：

"大友，你说喜欢樟木行道树，我们就走那条路回去吧。"

"好的，谢谢。我只要走上那条路就心满意足了。其实来的时候也是从那条路穿过的……"宗助说着回头对千重子说，"姑娘，陪着我们走吧。"

樟木行道树的枝梢左右交缠，枝梢上的嫩叶柔软而带着点淡红，尽管没风，有些叶子还是微微摇曳。

五人缓步而行，几乎都不说话，树荫下各有思绪起伏。

秀男拿奈良、京都最美的佛像与千重子作比，并说千重子更美，这话一直出现在太吉郎的头脑中——难道秀男如此被千重子所吸引？

"可是……"

假设千重子与秀男结婚，能在大友家的织机房里做啥呢？难道也像秀男母亲那样从早到晚绕丝卷线？

太吉郎回头去看，千重子正跟秀男谈得入神，还不时地点头。

即便说"结婚",也不一定就是千重子去大友家,秀男也可入赘佐田家的吧——太吉郎这样想。

千重子是独生女,如果嫁了出去,母亲阿繁该如何伤心呀。

虽然秀男也是大友家长子,而且被父亲认为手艺好过自己,但他家还有两个儿子。

再说,佐田家的买卖虽然日渐衰颓,店里那种旧的模式也达到难以改变的程度,但毕竟还是中京的批发商,跟只有三台手动织机的织坊不同。大友家没有一个雇工,仅靠自家人手工作业,情况如何是可想而知的。无论是秀男母亲朝子的形象,还是大友家简陋的厨房,都体现了他家的境况。即便秀男是长子,但若谈得好,还是可能给千重子做上门女婿的吧。

"秀男非常沉稳,"太吉郎试探着对宗助说,"年轻但靠得住,真的……"

"啊,谢谢。"宗助若无其事地说,"也就是干活挺在心,但到了外面老是失礼……让人担心呀。"

"这倒没啥,我前些时候一直被他教训呢……"太吉郎的语气毋宁说是开心的。

"实在要请你包涵,那么不懂事的家伙。"宗助轻轻低头致歉,"父母的话只要不合他意,他就不会听的。"

"这挺好的。"太吉郎点头说,"今天怎么又是秀男一人跟着你?"

"他弟弟若也跟着,家里不就得停机了吗?再说,他性格倔强,让他在我喜欢的樟木林荫道上走一走,或许能变得稍微平和一些呢……"

"这林荫道真好。大友,我之所以把阿繁和千重子带到植物园来,也是因为秀男的善意……忠告呀。"

"哦?"宗助诧异地盯着太吉郎的脸,"你是为了见见自己闺女吧?"

"不是,不是。"太吉郎匆忙否认。

宗助回头去看,秀男和千重子走在稍后面,阿繁在更后面。

出了植物园,太吉郎对宗助说:

"你用这辆车吧,西阵也不远。我们去加茂的堤上走走再来……"

宗助还在犹豫,秀男却先上车说:

"那就不客气了。"

看见佐田一家站在那里目送车子离开,宗助从座位上欠身鞠躬,秀男的头却是似点非点,简直像是没有反应。

"那小子挺有意思。"太吉郎甚至想起了自己扇秀男耳光的事,忍着笑说,"千重子,你跟那个秀男谈得那么投机,他在年轻姑娘面前怯场吗?"

千重子目露羞色说:

"在樟木道上?……尽是我在听他说,不知他怎么会那么滔滔不绝,我也就势……"

"那不就是因为他喜欢你吗?你连这都不懂?他说你比中宫寺和广隆寺的弥勒像还美……爸爸也吓了一跳,没想到那么孤僻的他竟会说这话。"

"……"

千重子也吃了一惊,脸一直红到颈根处。

"你们谈了些啥?"

"关于西阵手动织机的命运吧。"

"命运?哦?"

看见父亲像是陷入沉思,女儿答道:

"说到命运,这话题好像就艰深了。可是怎么说呢,命运……"

出了植物园,右手边便是加茂川河堤上的成排松树,太吉郎率先从松树间下到河滩上。说是河滩,也就是长着细长嫩草的平地,偶尔可以听到河水拍打堤坝的声响。

有成群结队的老年人坐在嫩草上把便当饭盒打开，也有年轻男女在结伴而行。

对岸也是上有车道，下走游客。一些稀稀落落的樱树上花已落尽，长出了嫩叶。樱树对面是连绵的西山，爱宕山居于正中，北山则好像靠近河的上游。这一带风景甚好。

"坐一会儿吧。"阿繁说。

从北大路桥下可以看到河滩的草地上晾着一些友禅绸。

"真好，到底是春天呀。"阿繁环顾四周说。

"阿繁，嗯……那个秀男怎么样啊？"太吉郎问。

"什么怎么样？"

"做咱家赘婿……"

"欸？怎么突然说这话？"

"挺沉稳的吧？"

"是的，不过这事得问千重子。"

"千重子早就说过绝对服从的。"太吉郎看着千重子，"是吗，千重子？"

"这种事情不能强求的。"阿繁也看着千重子。

千重子低着头，水木真一的样子浮现在她眼前。那是幼时的真一，描眉涂唇，一身王朝时期的装束，乘着祇园祭[1]的长刀矛[2]彩车。那是真一的幼儿形象,当然,那时的千重子也尚年幼。

---

[1] 祇园祭,日本代表性的祭祀活动,7月在京都举行。
[2] 长刀矛,祇园祭游行队伍中的首发彩车,顶盖上饰有矛状长杆。

北山杉

早从平安王朝[1]起,在京都好像说到山就是指比叡山,说到祭庆活动就是指加茂的祭庆。

五月十五日的葵祭[2]也过去了。

葵祭的敕使行列中加入了斋王[3]行列,是从昭和三十一年(1956年)开始的。斋王隐居斋院前先在加茂川净身,这是再现古时的一种仪式。斋王身穿十二层单衣乘牛车出场,前有身穿短裾的命妇乘着轿子,众女嬬和童女随后,伶人奏乐。斋王这身打扮,再加正当女大学生的年龄,显得既典雅又华丽。

千重子的同学中也有被选作斋王的姑娘,这时千重子

---

1 平安王朝,公元794年至1192年建都于平安京(京都别称)的王朝时期之通称。
2 葵祭,京都代表性的祭祀活动,源自在敬奉者冠上或牛车上饰以葵。
3 斋王,又称斋皇女,是指在伊势皇宫和贺茂神社出任巫女的未婚内亲王和女王,她们代表皇室侍奉天照大神。

她们也会去加茂的河堤上观看游行。

京都有很多古神社、寺庙，或许可说每天总会有地方举行或大或小的祭庆。看看祭历，让人觉得五月里始终有活动。

献茶[1]、茶室、郊野、茶具也总是各有用场，甚至来不及周转。

但是这个五月里，千重子连葵祭都没去看，一方面这是一个多雨的五月，另一方面也是因为从小就常常被带着去看。

鲜花虽好，千重子却还是喜欢去看嫩叶和新绿。高雄[2]一带的枫树新叶自不待言，若王子[3]一带的她也喜欢。

收到了宇治[4]的新茶，她沏了对母亲说：

"妈妈，咱们今年连采茶都忘记去看了。"

"现在还有采茶的吧？"

"可能有吧。"

那次植物园里樟树的抽芽美得像花一样，好像也比平时晚了吧？

---

1 献茶，敬献给神佛的茶。
2 高雄，京都市右京区的一个地区。
3 若王子，京都市左京区的一个地区。
4 宇治，位于京都府的一个市，是日本名茶产地。

朋友真砂子来电话说：

"千重子，去高雄看枫树嫩叶吗？比红叶季节人少……"

"不会太晚吗？"

"那里比城里冷，我想还来得及吧。"

"嗯……"千重子顿了一下，"看过平安神宫的樱花后本应再去看周山的樱花，一下子就给忘了。那里的古木……看樱花虽已晚了，却还是想看看北山杉呀。好像靠近高雄吧？看到笔直漂亮的北山杉挺立在那里，我的心情顿时就舒畅起来。能陪我去杉树那里吗？比起枫叶，我更想看北山杉呀。"

高雄的神护寺、槙尾[1]的西明寺、栂尾[2]的高山寺都有枫树的绿叶，千重子和真砂子既已来了，还是决定去看。去神护寺和高山寺的路都挺陡急，真砂子一身初夏的轻便西式衣装，鞋子也是低跟的，所以没问题，她担心身穿和服的千重子行不行，千重子满不在乎地说：

"干吗那样看我？"

"真美。"

"是美啊。"千重子停下脚俯视清泷川方向，"本以为

---

1 槙尾，位于京都市右京区。
2 栂尾，位于京都市西北部。

绿叶会更加郁郁葱葱，人也会觉得闷热，没想到这里挺清凉。"

"我……"真砂子忍住笑，"千重子，我是说你美。"

"……"

"世上怎么会来了个这么漂亮的姑娘呀。"

"讨厌。"

"素净的和服在这绿色中把千重子的美丽充分衬托出来了。不过，如果穿了鲜艳的衣服，会更加引人注目的。"

千重子身上的衣料是暗紫色的绉绸，腰带是父亲毫不吝惜地为她裁剪下来的南洋印花绸。

千重子登上了石阶。神护寺里的平重盛[1]和源赖朝[2]的肖像画被安德烈·马尔罗[3]称为世界著名的肖像画，千重子正想起重盛脸上的什么地方隐隐地留着点红色，这时真砂子说了那番话，而且千重子已好几次听真砂子说过类似的话。

在高山寺，千重子喜欢从石水院的宽廊处眺望对面的山姿，她也喜欢开山祖师明惠上人[4]的树上坐禅肖像画。

---

1 平重盛（1138—1179），平安王朝末期的武将。
2 源赖朝（1147—1199），镰仓幕府的将军，武家政治的创始人。
3 安德烈·马尔罗（1901—1976），法国小说家、评论家、政治活动家。
4 明惠上人（1173—1232），日本镰仓初期僧人，钻研华严宗和密教，1206年创建高山寺作为华严宗的修行道场。

壁龛旁还挂着一幅《鸟兽戏画》画卷的复制品。她俩在这宽廊受到敬茶的招待。

真砂子在高山寺还从未向深处去过，这里就算是游客的止步之处了。

千重子被父亲领着去过周山看樱花，还有过摘了笔头菜回家的记忆，笔头菜又粗又长。她若来高雄，哪怕是一个人，也要到有北山杉的村子去。那村子现在已并到市里，划为北区中川北山町，但因只有一百二三十户人家，好像还是以村相称更合适。

"我经常走路，所以咱们还是步行。"千重子说，"这路挺好的。"

清泷川岸边面对陡峭的山，走不多远就可看到美丽的杉林。那些笔直挺立的杉树，一看就知道是人工用心栽培的，有名的北山圆木是这个村子的独家产品。

下午三点大概是工间休息时间，一些像是在除草的女人从杉山上下来。

真砂子盯着其中一个姑娘看呆了，竟停下了脚步。

"千重子，她太像你了，是不是跟你一模一样呀？"

那姑娘身穿藏青底色飞白花纹的窄袖和服，系着便于干活的束袖带，下身是裙裤，围着围裙，手上戴着布质防

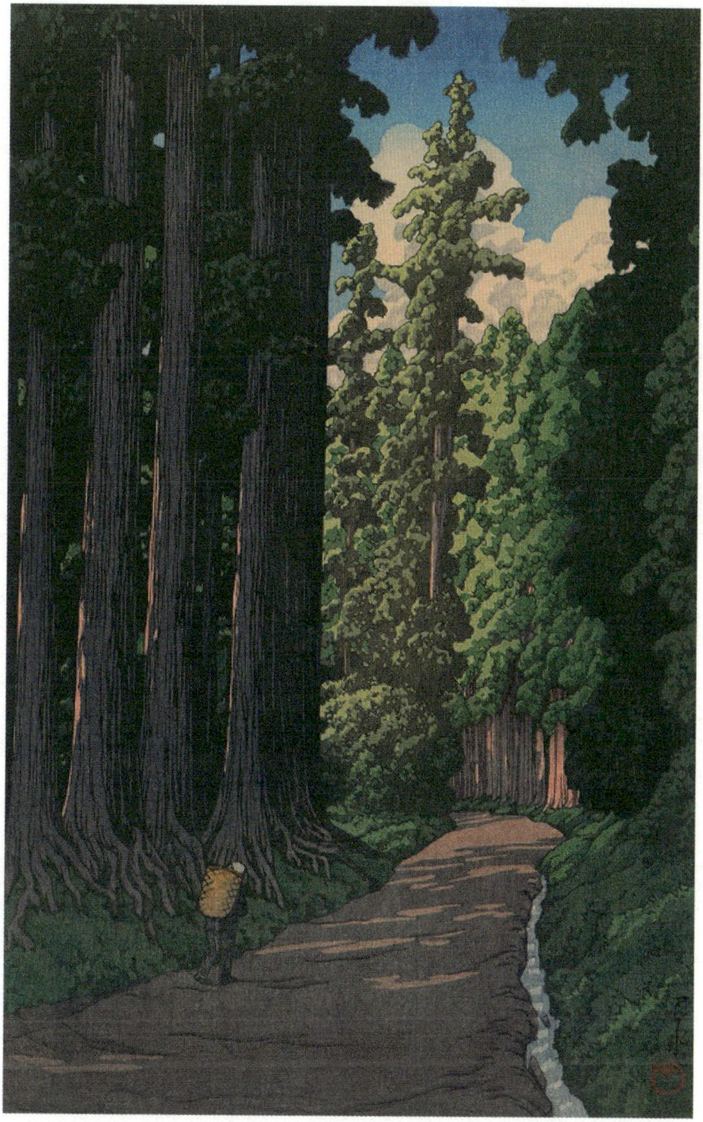

护套，头上罩着布巾。围裙一直包到身后，但在一侧留有开衩，束袖带和裙裤上的细带是身上仅有的带红色的地方。其他姑娘也都是同样的装束。

这副乡间打扮与大原女[1]和白川女大致相仿，但这些姑娘的这种束装并非是用于进城做买卖，而只是为了便于山间劳作，应该算作日本从事山野劳作的女子形象。

"真像呀！千重子，你好好看看，不觉得奇怪吗？"真砂子又说了一遍。

"是吗？"千重子并没认真去看，"是因为你看得匆忙吧？"

"怎么会呢？那么漂亮的人……"

"漂亮是漂亮，不过……"

"像是你的异母姐妹呢。"

"瞧你，也太冒失了吧。"

被这么一说，真砂子也意识到自己的失言，刚要笑，又连忙捂住嘴，说：

"虽也有与别人相像的情况，可这像到怕人的程度了。"

那位姑娘和跟她一起的姑娘走了过去，都几乎没注意到千重子她俩。

---

[1] 大原女，京都北部大原一带的乡村女性，常头顶柴捆去京都大街叫卖。

那姑娘用布巾把脸遮得挺严实，露了点前面的头发，面颊几乎被遮住一半，并不像真砂子说的那样能够看得真切，而且她们也不曾正面相对。

而且千重子多次来过这个村子，见过男人们把杉树圆木粗粗去皮后，女人们再细细地将树皮剥尽，还看过她们用冷水或热水将菩提瀑布带下来的沙子弄软弄细，再用这沙子打磨圆木，所以觉得自己对这些姑娘的面孔有些模糊的印象。这些加工作业都在路旁、户外进行，而且这个小小的山村也不会有多少女孩，但是这些女孩的面孔，她当然也不可能一个个都仔细看过。

目送她们的背影离去，真砂子也稍稍定下神来，重复了一声"真奇怪呀"，又像初见似的看着千重子的脸，若有所思地说：

"还是像呀。"

"像在哪里？"千重子问。

"是一种感觉吧，虽具体很难说像在哪里，但眼睛和鼻子……不过中京的小姐和这山里的姑娘当然会有所不同，请原谅。"

"瞧你说的……"

"千重子，我们跟在那姑娘后面，去她家看看好吗？"真砂子不甘心地说道。

跑到那姑娘家去察看,这种事即使对性格开朗的真砂子来说,大概也只是嘴上讲讲罢了。但是千重子还是放慢了脚步,几乎是要停了下来,一会儿抬头看杉山,一会儿去看家家户户门口一排排竖立的圆木。

白杉圆木的粗细几乎一样,打磨得很美观。

"像工艺品吧。"千重子说,"好像还被用于建造茶室,一直运到东京、九州……"

圆木被整齐地竖立在近檐端处,二楼上也是这样。有一户人家二楼的圆木行列前晾晒着内衣之类,真砂子看着觉得新奇,说:

"这家人住在圆木队伍中呢。"

"你真是个冒失鬼……"千重子笑了,"圆木小屋旁不是有着很漂亮的住房吗?"

"啊,我看二楼晾着衣服,所以……"

"说那姑娘像我的也是你。"

"那是两码事。"真砂子认真起来,"听到我说你跟她长得像,你是不是觉得遗憾?"

"遗憾倒是一点都没有,可是……"这话刚说出口,那姑娘的眼睛浮现在千重子面前,这是她完全没想到的。姑娘的眼中深藏着一种浓重的忧郁,成为她健康的劳作形象中的一个对照点。

"这个村里的女性都很能干呀。"千重子说,像是要摆脱什么似的。

"女人跟男人一起干活,这也没啥稀奇的,农村人就是这样吧,还有卖菜的、卖鱼的……"真砂子满不在乎地说,"哪像千重子这样的小姐,见啥都觉得了不起。"

"我觉得自己也是干活的人,你说的是你自己。"

"啊,我倒是不干活的。"真砂子爽快地说。

"咱们光是嘴上说干活,我倒是想让你看看这村里姑娘干活的样子。"千重子又朝杉山投去目光,"现在该是打枝的时候了吧。"

"打枝?怎么回事?"

"要想杉树长得好,须用柴刀把没用的树枝砍掉,有时好像还得用梯子,像猴子一样从杉树的这个树梢荡到那个树梢……"

"真危险啊。"

"有人早晨上去,午饭时都下不来……"

真砂子也抬头去望杉山,那些笔直挺立的树干煞是好看,树梢残留的树叶也像精细的工艺品。

山不高,也不太深。连山顶上都有一株株形状齐整、成排挺立的杉树,令人仰而视之。因为这些树都可用于建造茶室，所以整片杉林看上去似也具有茶道之风。

清泷川两岸山陡谷狭，雨量充沛，日照短少，这也可说是培育杉树圆木成为名品的条件之一。风也被自然地形阻拦，否则若遇强风，杉树可能会在幼时就弯曲或倾斜。

村里好像只有一排房子，集中在岸边的山脚处。

千重子和真砂子一直走到小村后面较远处才返回。

有的人家在打磨圆木，她们拿出泡在水里的圆木，用菩提沙仔细打磨。沙子看上去像赤褐色的黏土，据说取于菩提瀑布之下。

"如果这些沙子没有了，那怎么办呢？"真砂子问。

"只要一下雨，沙子就和瀑布一起冲下来，沉积在下面。"

一个年长的妇女这样说，让真砂子觉得她一副笃定的样子。

不过正如千重子所说，她们的手始终不停。那圆木有五六寸粗，大概是用作房柱吧。

据介绍，打磨好的圆木经过水洗晾干，会用纸或稻草裹扎后运送出去。

连清泷川岸边的石滩上都有种杉树的地方。

山上耸立的杉林和檐端排立的杉木，都让真砂子想起京都老屋那些一尘不染的红漆格子门窗。

村子入口处有个国铁巴士站，站名叫"菩提道"，大概是因为车站上方有菩提瀑布。

两人在这里乘上返程的巴士。沉默了一会儿后,真砂子突然冒出一句:

"人间的姑娘若是也能像那些杉树一样笔直地成长就好了。"

"……"

"可惜我们得不到那样的照料呀。"

千重子忍俊不禁地说:

"你是在约会吧?"

"嗯,是的,坐在加茂川河边的草地上……"

"……"

"木屋町的地摊上顾客越来越多,灯也点上了,但我们背对着他们,地摊那儿的人不知道我们是谁。"

"今晚呢……"

"今晚也约了七点半钟,不过那时天还没黑透。"

千重子羡慕她的自由。

千重子一家三口在后屋正对中庭的榻榻米房间吃晚饭。

"今天岛村家送来好多瓢正[1]料理店的竹叶寿司,我就

---

[1] 瓢正,位于京都市的老字号料理名店,尤以类似于中国粽子的竹叶寿司知名。

只做了个汤,请原谅。"母亲对父亲说。

"是吗?"

竹叶裹的鲷鱼寿司是父亲所爱。

"咱家掌厨的回来得晚了,所以……"母亲指的是千重子,"又去看北山杉了,跟真砂子一块儿……"

"嗯。"

伊万里[1]瓷盘中装着竹叶寿司,裹成三角形,剥了竹叶后,饭团上放着切成薄片的鲷鱼。汤碗里主要是豆腐皮,再加少许香菇而已。

正如外面的红漆格子门一样,太吉郎的店里也仍留有京都的批发店遗风,但如今已是会社形式,掌柜、伙计都属社员,大多已改为通勤上班,只有近江来的两三个伙计住在二楼有虫笼窗的房间。晚饭时后屋很安静。

"你喜欢去北山杉树村呀,"母亲对千重子说,"是因为什么呢?"

"杉树全都笔直挺立,非常好看。我大概是希望人心也能那样吧。"

"那就都像你了吧?"

"不,我还是会有歪歪扭扭的时候……"

---

[1] 伊万里,位于佐贺县西部,濒临伊万里湾,是瓷器的著名产地和集运港。

"是呀。"父亲插嘴说,"再正直的人也难免会有各种想法的。"

"……"

"那不也挺好吗?像北山杉那样的孩子固然可爱,但却找不到,即使有,说不定什么时候就会吃苦头的。就拿树来说,即便歪歪扭扭,我觉得只要能长大就行……你看看那棵老枫树长在这么憋屈的院子里……"

"千重子这么好的孩子,还有什么可说的呢?"母亲有点变了脸色。

"我知道,我知道,千重子是个最正直的姑娘。"

千重子面朝中庭,沉默了一会儿。

"我不像那棵枫树那样坚强。"她的声音含着悲伤,"顶多就像长在枫树树干瘪陷处的紫花地丁吧。啊呀,紫花什么时候已经凋落了呀?"

"真是的……来年春天一定会再开的。"母亲说。

千重子低垂的目光停在枫树树根处的基督灯笼上,靠着屋里的灯光虽看不清楚那朽坏的圣像,但她似在心中祈愿着什么。

"妈妈,我到底是在哪里生的?"

母亲和父亲对看着。

"祇园的樱花树下。"太吉郎的语气不容置疑。

说是生在祇园的夜樱下，这不就像神话传说了吗？《竹取物语》[1]中的赫映姬据说就是住在竹节之间的。

正因如此，父亲反倒说得斩钉截铁。

既然生在花下，或许就会有人从月亮上来接我呢——千重子想到了一个轻松的玩笑，却没能说出口。

不管是被亲生父母遗弃还是被养父母偷来，现在的父母都不可能知道千重子生在哪里，也不会认识她的亲生父母吧。

千重子后悔问了不该问的话，却又觉得还是不道歉为好。既然如此，又为何突然问了呢？千重子自己也弄不明白，或许是因为无意中想起真砂子说她与北山杉树村的一位姑娘长得一模一样了吧。

千重子不知该朝哪里看是好，便望着那棵大枫树的上方。不知是因为月亮出来了还是因为闹市区灯光的照射，夜空显得白蒙蒙的。

"天色也渐渐像夏天了。"母亲阿繁也抬头去看，"我说呀，千重子，你是在这个房子里出生的，虽不是我生的，但你生在这个家里。"

"嗯。"千重子点头。

---

[1] 《竹取物语》，日本现存最古的传奇故事，被认为是日本物语文学之祖。

正如千重子在清水寺对真一说过的那样,她并非阿繁夫妇在圆山观赏夜樱时偷来的婴儿,而是被丢在店门口的弃儿,是太吉郎抱她进家的。

已是二十年前的事了,太吉郎那时三十出头,常在外寻花问柳,所以妻子一时难以相信丈夫的话。

"哪有这种好事……是你跟艺伎啥的生下的孩子吧?"

"胡说!"太吉郎勃然作色,"你好好看看这孩子的衣服,像是艺伎的孩子吗?嗯?像艺伎的孩子吗?"

说着便把孩子朝妻子面前一推。

阿繁接过孩子,把自己的脸贴在孩子冰冷的脸上,问道:

"这个孩子怎么办呢?"

"到后屋慢慢商量吧,愣着干吗?"

"是刚生的呢。"

因为亲生父母情况不明,所以不能作为养女,于是就以太吉郎夫妇的嫡女报了户籍,取名千重子。

民间有一种传说:领养一个孩子,这个孩子说不定就会引来一个亲生儿。不过阿繁还是没生,千重子便作为独生女一直得到疼爱和抚养。岁月流逝,以致太吉郎夫妇也不再介意千重子是被什么样的父母遗弃了,千重子的亲生父母是死是活也不为人知。

这顿晚饭后的收拾活儿很简单,只要扔了竹叶寿司的竹叶,把汤碗洗净就行,千重子一人干了。

然后,千重子躲进后屋二楼自己的卧室,看着父亲带去嵯峨尼庵的保罗·克利和夏加尔的画集。她入睡没多会儿,便被自己"啊,啊"的梦魇叫声惊醒了。

"千重子,千重子!"母亲在隔壁房间叫喊,没等千重子应声,隔扇门就打开了。

"做噩梦了吧?"母亲进来了,"做梦了?"

说着,母亲坐在千重子旁边,打开床头灯。

千重子坐在铺上。

"不好,出了好多汗。"母亲从千重子的梳妆台上拿来纱布手巾擦千重子的额头和胸口,千重子任母亲去擦。母亲一面暗自赞叹她胸部的白净,一面把手巾递过去说:

"把腋下擦擦。"

"谢谢妈妈。"

"做噩梦了?"

"梦见从高处坠落……掉进一个绿得可怕的无底洞里。"

"谁都常做这种梦,"母亲说,"掉进无底洞。"

"……"

"千重子,可别着凉了,换件睡衣好吗?"

千重子点头,心里却难平静,想要站起来,脚下却有点打晃。

"你别动了,妈妈去给你拿。"

千重子坐着,持重而又熟练地换了睡衣,正要去叠换下的那件,母亲便说:

"别叠了,要洗的。"

说着取过睡衣,扔向角落的衣架,然后又在千重子的枕边坐下:"做这样的噩梦……千重子,怕是发烧了吧?"说着把手掌搁在女儿额头,没想反是冰凉的。

"嗯,一定是去北山杉树村走累了吧?"

"……"

"脸色让人不放心呀,妈妈也过来陪你睡吧。"母亲说着便要去搬被子。

"谢谢……我已经没事了,您放心睡吧。"

"是吗?"母亲说着便钻进了千重子被子的一角,千重子把身子让到一边。

"千重子长这么大了,妈妈已经不好再抱着你睡了,总觉得有点奇怪呢。"

母亲却先熟睡了。千重子用手去试了试,确认母亲的肩部等处不会受凉,然后关了灯,却睡不着。

千重子的梦很长，告诉母亲的仅是最后一段。

起初的部分与其说是梦，不如说似梦似真，是对今天与真砂子去北山杉树村的愉快回忆。没想到的是，比起那个村子，梦里更多的是那个被真砂子认为与千重子相像的姑娘。

而且，在梦要结束时她掉进了绿洞，之所以是绿的，也许是因为心中还存着杉山的颜色。

鞍马寺[1]的伐竹会是太吉郎喜爱的活动，因为具有男人的特色。

对太吉郎来说，从年轻时就去看过多次，已不算新鲜，但他想带女儿千重子去看。何况今年为了节省经费，十月鞍马寺的那个火祭据说也不会举办了。

太吉郎担心下雨。伐竹会的日子在六月二十日，正是梅雨季中期。

十九日那天，雨势即使以梅雨季来说也不算小。

"下成这样，明天能停吗？"太吉郎不时地去看天空。

"爸爸，我不在意下雨的。"

"话虽这么说，"父亲说，"天不好毕竟……"

---

1 鞍马寺，位于京都市左京区，鞍马弘教总寺院，原属天台宗。

二十日，雨仍淅淅沥沥地下着。

"把门窗都关严了，讨厌的水汽会让衣料受潮的。"太吉郎嘱咐店员。

"爸爸，鞍马寺不去了吧？"千重子问父亲。

"不去了，来年还会有的。这时的鞍马山也是雾蒙蒙的。"

为伐竹会出力的并非僧人而是当地农民，被称为"法师"。具体的准备工作是：十八日那天，将雄竹、雌竹各四根横绑在立于正殿左右的圆木上，雄竹须去根留叶，雌竹则要把根也留着。

面朝正殿方向，左边是丹波座，右边是近江座，自古以来就是这种称法。

当年轮到出场的表演者身穿家传的生丝绸衣，脚蹬武士草鞋，斜背揽袖带，腰插双刀，用五条袈裟[1]裹头，腰间还佩着南天竹叶，伐竹的砍刀收在锦袋之中。他们在先导的带领下向山门出发。

时值午后一时左右。

身穿十德服[2]的僧人吹响螺号，伐竹开始。

---

1 五条袈裟，缝缀数条布帛做成长方之幅，其横五条，故名。
2 十德服，一种状似素袄（日本古时武士礼服）、袖根缝死的短和服。

两个童男齐声对管长[1]说：

"恭祝伐竹神事！"

然后他俩分别走到左右两座，再各自发出颂词。

"近江之竹妙哉！"

"丹波之竹妙哉！"

均竹人[2]先把绑在圆木上的粗雄竹砍落，再将砍下的竹子整成同样长短，而细的雌竹则仍放着不动。

童男对管长说：

"均竹结束。"

僧人们进入正殿诵经，施撒夏菊，代替莲花供神。

管长走下祭坛，打开丝柏骨折扇，上下扇动三次。

随着一声"嚯"的叫声，近江、丹波两座各有两人将竹子砍作三段。

太吉郎想让女儿去看这伐竹仪式，却因雨而犹豫不决，正在此时，秀男夹着个布包袱进了格子门，说道：

"小姐的腰带终于织出来了。"

"腰带……"太吉郎诧异地问，"我女儿的腰带吗？"

秀男单膝弯下，恭敬地以手支席施礼。

---

1 管长，佛教或神道教一宗一派之长。
2 均竹人，为比赛双方提供同样条件的竹段的人员。

"是郁金香图案的吧……"太吉郎轻松地说。

"不。是您在嵯峨尼庵画的……"秀男一本正经地说,"我年轻不懂事,上次对您多有得罪。"

太吉郎暗自一惊,嘴上却说:

"哪里的话,那只是我画着好玩的,被你一番批评,我自己倒清醒了。是我该谢谢你呢。"

"腰带我已经织好带来了。"

"哦?"太吉郎益发吃惊了,"那张草图已被我揉得皱巴巴的,扔进你家旁边的小河了。"

"扔了……是吗?"秀男的态度冷静得几乎可用无所忌惮来形容,"既然让我那样拜赏,那就已经存在我脑中了。"

"你这是要做买卖吗?"说话间,太吉郎沉下脸来。

"即便如此,但我扔进河里的草图,你为什么要把它织出来?嗯?为什么又要织出来?"太吉郎重复道,一种说不清是感伤还是愤怒的情绪涌上心头,"你不是说了吗,说它缺少内心的和谐,粗糙而病态……"

"……"

"正因如此,出了你家门,我就把草图扔进小河了。"

"佐田先生,请您原谅。"秀男又一次两手支地,表示道歉,"我当时也是因为织那些无聊的东西而十分疲劳,

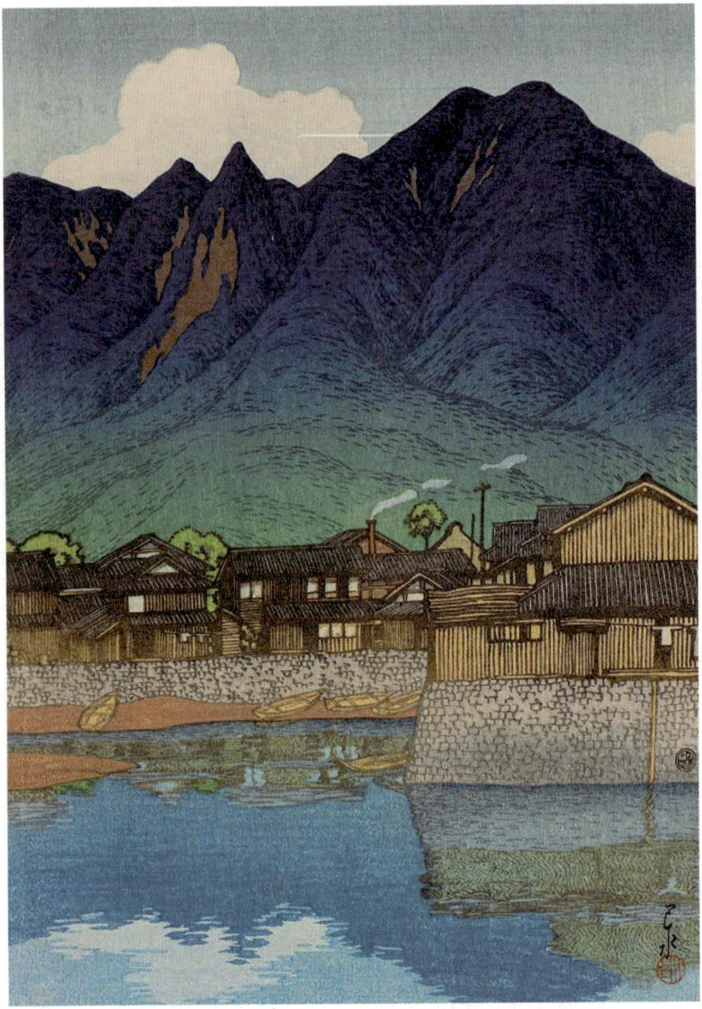

心里窝着一团火。"

"我的心情也同样如此。住在嵯峨的尼庵里，清静固然清静，但只有一个上了年纪的尼姑，白天雇了一个老女佣来帮忙，实在是寂寞，太寂寞了……而且我店里的买卖也要垮了，所以觉得被你的话说中了。自己怎么说也是个批发商，哪有必要去画草图呢？虽说是那样新颖的草图……"

"我也是想了很多，在植物园见了您家小姐后，又经过考虑……"

"……"

"您能看看这腰带吗？如不满意，不妨当场就用剪刀剪个稀烂。"

"嗯。"太吉郎点头，又叫女儿，"千重子，千重子！"

在账房与掌柜并排坐着的千重子起身过来。

秀男的浓眉下双唇紧闭，表情虽似自信，解开包袱布时，指尖却在微微发颤。

像是难以对太吉郎启齿，他把双膝转向千重子说道：

"小姐，请看。这是您父亲的图案。"说着便把卷着的腰带递了过去，然后又一动不动了。

千重子刚掀起腰带的一端便说：

"啊,爸爸,这构思来自克利的画集呀,是您在嵯峨画的吗?"说着便两手交互动作,把腰带拉到自己膝上,"啊呀,真好看!"

太吉郎板着脸不作声,心里却为秀男居然对自己的图案了然于心而着实吃惊。

"爸爸,"千重子的声音带着一种孩子气的欣喜,"真是一条好腰带!"

"……"

千重子又用手去摸试腰带的质地,对秀男说:

"织得真细密。"

"是。"秀男低着头应声。

"能让我展开来看吗?"

"好的。"秀男答道。

千重子站起来把腰带往两人面前展开,把手搭在父亲肩上站着欣赏。

"爸爸,怎么样?"

"……"

"不好看吗?"

"真的好看吗?"

"是的。谢谢爸爸。"

"你再好好看看。"

"图案新颖,所以也得配合适的和服才行,不过确实是一条好腰带。"

"是吗?如果满意的话,你就谢谢秀男吧。"

"秀男哥,谢谢。"千重子在父亲身后跪下,对着秀男低头致谢。

"千重子,"父亲叫她,"你觉得这腰带和谐吗,心灵上的和谐……"

"欸?和谐?"千重子觉得十分突兀,于是又去看那腰带,"要说是否和谐,得看配什么样的和服以及什么样的人去穿吧……其实现在正流行故意穿一些破坏协调感的衣裳……"

"嗯。"太吉郎点头,"其实,千重子,我让秀男看这腰带的草图时,曾被他说成没有和谐感,于是我就把草图扔到秀男作坊旁边的小河里了。"

"……"

"可是,看了秀男织好后拿来的东西,不就跟我扔掉的草图一模一样吗?只是颜色稍有差别,那大概是因为画图用的颜料跟丝线颜色的差别吧。"

"佐田先生,请多包涵。"秀男双手支地道歉,又对千重子说,"小姐,有个不情之请,您能把腰带稍微放在腰上让我看一下吗?"

"就在这件和服上……"千重子站了起来,试着绕上腰带,顿时喜不自禁。太吉郎的表情也缓和下来。

"小姐,这可是您父亲的杰作呀。"秀男两眼生辉。

祇园祭

千重子提着个大的购物篮出了店门去麸屋町的汤波半[1],在御池大街往上走时,比叡山到北山的天空一片通红,像是燃烧的火焰,令她在御池大街上驻足观望良久。

夏季昼长,现在离夕照时分尚早,天色未显清寂,真像是熊熊烈火燃遍整个天空。

"竟会有如此情景,还是初次见到呢。"

千重子取出一面小镜,在这浓烈的云色中照看自己的脸。

"真是难忘,一辈子都难忘……人也许会随自己的心境而发生变化吧?"

像是受到这种光照的影响,比叡山和北山呈现一片深蓝色。

---

[1] 汤波半,京都的料理老店,以豆制品料理见长。

汤波半已把汤叶[1]、牡丹汤叶和八幡卷做好。

"您来啦,小姐。我们因祇园祭忙得不可开交,只为您这样真正的老主顾服务,不到之处请多包涵。"

这家店平时一直只做订货。京都的点心店之类也有这样的情况。

"这是祇园祭用的。谢谢常年关照。"汤波半的女掌柜把千重子的篮子装得满满当当。

这里的"八幡卷",是在豆腐皮中裹进牛蒡,而不像其他店家的八幡卷是用煮熟的牛蒡卷鳗鱼。"牡丹汤叶"则有似"飞龙头"[2],是在豆腐皮中包进银杏之类。

这汤波半是一家有两百来年历史的老店,幸存于"咚咚烧"那场大火,后来稍稍做了一些修建,例如给小天窗装了玻璃,又如从前用土炕式的炉子做豆腐皮,现在则改用砖砌炉。

"以前用炭火,用嘴吹燃时会有灰末落进豆腐皮中,所以现在改烧木屑了。"

"……"

方形的铜锅排成一排,中间用东西隔开,操作者熟

---

[1] 汤叶,豆腐皮。
[2] 飞龙头,京都森嘉料理店的特色菜,豆腐切碎后和胡萝卜、牛蒡、木耳、黑芝麻、银杏等捏合后油炸。

练地用竹筷从锅中捞起表面一层豆腐皮,晾到上方的细竹竿上。竹竿有上下几层,豆腐皮依其晾干的程度从下往上转移。

千重子走到作坊后面,把手搁在一根老柱子上。每次与母亲同来,母亲总要细细地抚摸这根老柱。

"这是什么木料?"千重子试着问道。

"丝柏。又高又直……"

千重子也摸了这根老柱后才出店门。

千重子踏上归途时,祇园祭排练的音乐声也越来越高。

来自远方的观客往往认为祇园祭就是七月十七日的一天彩车游行,顶多也就是赶来参加十六日晚上的宵山[1]活动。

其实,祇园祭的具体活动贯穿了整个七月。

七月一日,各町举行迎吉符仪式,奏乐活动开始。

童男乘坐的"长刀矛"每年都在游行队伍的最前面,其他彩车则在七月二、三日由市长主持抽签仪式确定出场顺序。

彩车大致在前一天搭好,但七月十日的"御舆[2]洗"

---

[1] 宵山,正祭前夜举行的小祭。
[2] 御舆,祭庆时抬神体或神灵的轿子。

似乎才是祇园祭的正式开场，即在鸭川的四条大桥上洗御舆，所谓洗，也就是神官用杨桐枝浸水后滴在御舆上。

另外，被选中的童男会在十一日参拜祇园神社，他将在游行时乘坐长刀矛。参拜时童男骑在马上，头戴立乌帽子[1]，身穿水干[2]，带着随从，去接受"五位"[3]的称号。比五位更高的应该就叫作"殿上人"了。

从前因为在活动中引入了神佛形象，所以有时会让充当童男左右随从角色的孩子扮成观音、势至两位菩萨。另外，童男被神授予五位称号，有时也会被视作与神举行婚礼。

"这太奇怪了，我不是男的吗？"水木真一被选作童男时曾这样说过。

此外，童男还要行"别火"之仪，即与家里人分火煮食，以示洁净。但这种做法现在也已省略，据说只须用火石取火做饭给他们吃即可。听说家里人如果无意中忘了，童男便会主动提醒说："火石打火，火石打火！"

总之，童男并非游行一天即可完成任务，所以会有各种辛苦。他们还须去矛町巡回致谢。无论是祭礼活动还是

---

1 立乌帽子，一种硬冠黑漆帽。
2 水干，日本的一种古代礼服。
3 五位，日本古时被允许进入金殿的最低官阶。

童男的活动，都要持续一个月左右。

比起七月十七日的彩车游行，京都人似乎更能从十六日的宵山体味情趣。

祇园祭的日子已经迫近。

千重子家的店里也卸了格子门，忙着为这个日子做准备。

千重子作为京都姑娘，而且出身于四条大街附近的绸缎批发店，属于八坂神社的氏子[1]，每年都要经历祇园祭，已不把这个活动当作新奇事。祇园祭就是暑热的京都中的一次夏祭而已。

最令她感到亲切的就是真一乘在长刀矛上的童男形象。每到祇园祭之际，祭庆音乐响起，彩车周围亮起许多灯笼时，真一的童男形象就重现在她眼前。他被选作童男时，和千重子都是七八岁的光景。

"即使在女孩子中，也没见过那么俊美的。"

真一去祇园神社受领五位称号时，千重子是跟着去的，还跟着一起去矛町转了一圈致谢。童男装束的真一还曾带着两个小跟班来千重子家的店里致谢。

---

[1] 氏子，在某一守护神镇守地区出生的居民。

"千重子,千重子!"真一叫她时,千重子红着脸盯着他看。真一化了妆,还抹了口红,而千重子则是一张晒黑了的脸蛋,和服夏衣上扎着一根红色三尺腰带,与邻居孩子在点燃小焰火玩。

如今的祭庆乐声以及彩车四周的灯光中,依然有着真一当年的童男形象。

"千重子,去看宵山吗?"晚饭后母亲问千重子。

"妈妈去吗?"

"妈妈有客,去不了。"

千重子出了家门,脚步便快了起来,在四条大街上被人潮挤得走不动。

不过千重子熟知四条大街的哪里有什么样的彩车,哪条小巷里有什么样的彩车,因此还是看了个遍。街上果然热闹非凡,各种彩车音乐处处可闻。

千重子走到"御旅所"[1]前,讨了蜡烛点着,供在神前。在祭庆期间,八坂神社的神像被迎往御旅所,御旅所位于新京极往四条去的那条路的南侧。

在御旅所千重子发现一个姑娘,凭背影便可知道是在做七度参拜。所谓七度参拜,就是从御旅所的神像前离开

---

[1] 御旅所,祭庆时神轿从神社启动途中临时停放的地方。

一段距离后,重新返回再做参拜,如此重复七次,在这期间,即使遇到熟人也不可开口搭话。

"咦?"千重子觉得这个姑娘眼熟,于是也不由自主地做起七度参拜来了。

姑娘先往西走,然后再返回御旅所,千重子则与其相反,先往东走再返回。不过那姑娘比千重子专心,祈祷时间也较长。

姑娘好像已拜完七次,千重子每次走得不像姑娘那么远,所以也在差不多的时间完成。

姑娘紧紧地望着千重子。

"在祈愿什么?"千重子问。

"你都看到了吗?"姑娘的声音发颤,"我在祈愿知道姐姐的下落……你是我姐姐。是神让我们走到一起了。"姑娘的眼里噙满泪水。

果真就是北山杉树村的那位姑娘。

御旅所挂着的成排供灯以及参拜者供奉的蜡烛把神前照得通亮,但姑娘并不怯于在光亮下让人见到自己的眼泪,反倒似那些光亮就来自她自身。

千重子心中涌起坚强的意志来克制自己的情感。

"我是独生女,没有姐妹。"她虽这么说,脸色却变得苍白。

北山杉树村的姑娘抽泣了起来。

"我明白,小姐,请原谅,请原谅。"姑娘重复着,"我从小就一直思念姐姐,以致完全认错人了。"

"……"

"我是双胞胎,虽然不知是姐姐还是妹妹……"

"我们也许只是那种没有血缘关系的相像吧?"

姑娘点头,泪水立刻流到脸颊上。她掏出手绢一边擦拭,一边说:"小姐,你出生在哪里?"

"这附近的批发街。"

"是吗?你在向神祈愿什么?"

"父母的幸福和健康。"

"……"

"你的父亲是……"千重子试着问道。

"很早以前……给北山杉树打枝,从一棵树荡到另一棵树时坠落,伤在致命的地方……这都是村里人说的,那时我刚出生,啥也不知道……"

千重子的心被撞了一下。

——经常想去那个村子,想要仰望美丽的杉山,难道是受到了父亲亡灵的召唤?

而且,这位山村姑娘说自己是双胞胎,那么亲生父亲在手抓杉树枝梢时，会不会因为沉溺于挂念被自己丢弃的双胞胎之一的千重子而失手坠落呢？一定是这样的。

千重子的额头上沁出冷汗，四条大街上的杂沓足音和祇园祭音乐都似消失在远方，眼前陷入黑暗。

山村姑娘把手搭在千重子的肩膀上，用手绢去擦千重子的额头。

"谢谢。"千重子接过手绢，擦了脸后便把这手绢下意识地放进自己的口袋。

"你母亲呢？"千重子小声问道。

"妈妈也……"姑娘欲言又止，"妈妈好像是在自己的娘家生我的，那是在比杉树村更深的山坳里，后来妈妈也……"

千重子不再追问了。

北山杉树村来的姑娘流下的自然是喜悦之泪，泪水一止，立刻满脸生辉。

与之相比，千重子却心烦意乱，两腿发颤，以致要使劲才能站稳。她无法立刻恢复平静，唯一能支撑她的，似乎只有这姑娘那种健康的美丽。千重子没有姑娘那种率真的喜悦，一种忧郁的神色渐渐出现在她眼睛的深处。

此时她在迷惘：现在以及今后，自己该如何是好？

"小姐。"姑娘叫了一声,伸出右手。千重子握住这手。这是一只皮肤又厚又糙的手,迥异于千重子柔软的手。姑娘却似乎并未在意,握紧了说:"小姐,再见了。"

"欸?"

"啊,太高兴了……"

"你的名字是?"

"苗子。"

"苗子?我叫千重子。"

"我现在在当雇工。咱村子小,你只要一提苗子,人家就知道是谁了。"

千重子点头。

"小姐,看来你很幸福。"

"嗯。"

"今天见面的事,我不会对任何人说,我发誓。只有御旅所的祇园神知道。"

苗子像是已经明白:即便说是孪生姐妹,却是有着身份差异的。千重子思及此便不说什么了,但是,当年被遗弃的难道不正是自己吗?

"再见了,小姐。"苗子又说,"趁别人还没看到……"

千重子心中堵得慌,便说:

"我家店在这附近,苗子你哪怕路过门口时,也请进来看看。"

苗子摇头说:"你家里人呢?"

"我家吗?只有父亲和母亲……"

"我虽不了解,但凭感觉可以知道你是在疼爱中长大的。"

千重子去拽苗子的衣袖,说:

"这儿不宜久站。"

"确实是的。"

于是苗子转身朝着御旅所恭恭敬敬地拜了拜,千重子也忙着学样。

"再见。"苗子第三次说。

"再见。"千重子也说。

"虽有说不完的话,还是等你什么时候来咱村吧,杉林当中谁都看不见的。"

"谢谢。"

但是两人还是不由自主地一起穿过人群,朝四条大桥方向走去。

八坂神社的氏子实在是多,宵山以及十七日的彩车游行结束后,还会有持续的祭庆活动。各家店门大开,并以屏风之类作为装饰，以前还会有早期浮世绘、狩野派[1]、大和绘[2]，以及宗达的一双屏风等。浮世绘的真品中会有南蛮屏风[3]，雅致的京都风俗画面中还出现了外国人的形象，再现了京都市民社会的兴盛情景。

如今，这番情景在彩车上留存了下来，所谓舶来品的唐织锦、葛布兰织品、毛织物、金线织花的锦缎、葛丝绣等都被用了起来，其实就是在桃山风格[4]的极尽华美之上又加上了对外贸易活动中体现的异国之美。

彩车内也饰有当时有名画家的作品，车头据传还有用朱印船[5]桅杆立作彩车柱杆的。

祇园祭的伴奏，就是以简单的"咚咚锵"贯穿始终。其实应该有二十六套，据说既像壬生狂言[6]的音乐，也像雅乐[7]。

宵山活动中，这些彩车都被成串的灯笼装扮，乐声

---

1 狩野派，日本绘画史上的著名宗族画派，流行约400年之久，以狩野元信、狩野永德等人为代表。
2 大和绘，纯日本题材和形式的风俗画的总称，是与受中国画影响的"唐绘"相对的名称。
3 南蛮屏风，西洋景物屏风画。
4 桃山风格，织田信长与丰臣秀吉完成日本全国统一的桃山时代形成的大众文化风格，其特点是绚丽多彩。
5 朱印船，桃山时代和江户初期得到官方特许从事对外贸易的海船。
6 壬生狂言，每年4月份在京都壬生寺演出的一种戴面具的哑剧。
7 雅乐，优雅、正式的音乐，尤指日本宫廷音乐。

大作。

四条大桥以东虽无彩车,但直到八坂神社的一段还是让人觉得花团锦簇。

临近大桥时,千重子已因人山人海而稍稍落后于苗子了。

尽管苗子已说了三遍"再见",千重子还在犹豫:究竟是就此告别还是把她带到自家店前,或是走到店附近,然后告诉她店的位置。一种对于苗子的温情似乎涌上千重子的心间。

"小姐,千重子小姐……"要过大桥时,有人朝苗子喊道。朝苗子走近的是秀男,原来他把苗子认作千重子了:"去看宵山的吗?一个人?"

苗子不知所措,却又并不回头去找千重子。

千重子飞快地躲到别人身后。

"嗯,天气不错……"秀男对苗子说,"明天也会不错,星星那么……"

苗子抬头去看天空,同时又困惑于如何作答。她自然是不认识秀男的。

"前些日子对你父亲多有得罪,不过那条腰带不错吧?"秀男对苗子说。

"嗯。"

"你父亲事后没生气吧?"

"嗯。"苗子不知就里,所以无以作答。

但是她没有把目光朝向千重子的方向。

苗子很困惑,千重子若觉得应该与这位小伙子见面,就会主动过来的。

小伙子头大肩塌,目光呆滞,但苗子觉得他绝非坏人。从他提及腰带来看,可能是西阵的织匠,数年间坐在高机旁做织活儿,体形难免会成这样的。

"我一个毛头小子,却对你父亲的图案说三道四。不过后来我一晚没睡,思来想去,还是把它织出来了。"秀男说。

"……"

"你用过了吗?哪怕只有一次……"

"欸。"苗子不置可否地答道。

"怎么样?"

大桥上光线不像大街上那样好,蜂拥而至的人群几乎让两人无法挪步,即便如此,苗子还是不明白何以会认错人。

双胞胎如果在同一个家庭有着同样的生长环境,也许会难以辨识,但千重子和苗子在不同的地方过着完全不同的生活，苗子于是觉得这男人或许是个近视眼。

"小姐，我是这样想的：我应该为千重子小姐精心织一条腰带，作为她进入二十岁的纪念。"

"嗯。谢谢。"苗子支支吾吾地说。

"能在祇园祭的宵山活动中见到你，也许是神助附于腰带了吧。"

"……"

苗子只能认为：千重子之所以不过来，是因为不想让这个男人知道自己是双胞胎。

"再见。"苗子对秀男说。秀男尽管有点意外，还是答道：

"嗯，再见。"

接着又补了一句："谢谢你答应我给你织一条腰带。能赶上枫叶红的时候……"说完辞别而去。

苗子用目光去寻，却没看到千重子。

刚才那位小伙子也罢，腰带也罢，对于苗子来说都无所谓，唯有在御旅所前邂逅千重子一事，却让她像是得到神赐般开心。她抓着大桥栏杆，久久地凝望映在水中的灯火。

然后，她悠悠地从大桥的一端出发，准备一直走到四条大街尽头的八坂神社。

来到大桥中段时，苗子看到千重子跟两个小伙子在站着说话。

"啊。"

苗子不由自主地轻轻叫了一声，但没向他们走近。

她有意无意地瞥了一眼三人的身影。

千重子不知道苗子与秀男在说什么。秀男把苗子错认为千重子，这是显而易见的，而苗子一定也困惑于如何与秀男作答。

千重子本来似应去到他俩身边，但她没去，不仅如此，在秀男对着苗子叫"千重子"时，千重子还飞快地躲进了人群中。

这是为什么？

在御旅所前见到苗子后，千重子内心的波动更甚于苗子。苗子早就知道自己是双胞胎，并且一直在找自己的姐妹，千重子却做梦也想不到会有这事。事情来得过于突然，千重子还来不及像苗子发现千重子时那样高兴。

另外，亲生父亲从杉树上坠落，母亲早早去世，这些也都是刚才第一次从苗子那里听说，这让千重子心如针刺。

过去只是无意中听到邻居们私下议论，于是觉得自己

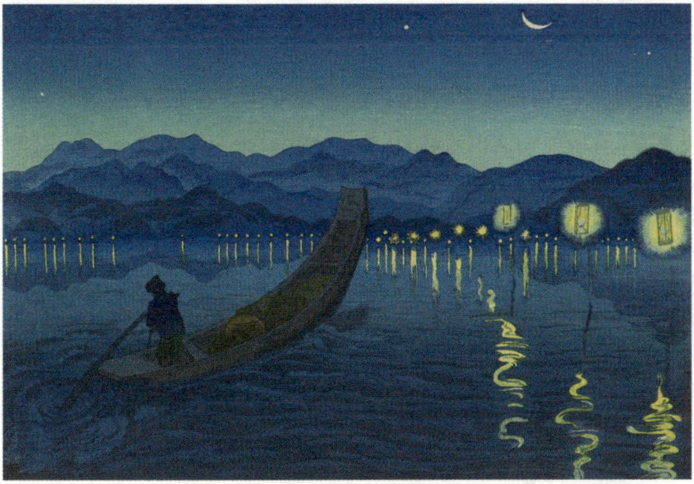

是弃儿，却又尽力不去猜想是被哪里的、什么样的父母遗弃，即使去想也不会知道，何况太吉郎和阿繁的厚爱使这些猜想已无必要。

今晚在宵山时听到苗子说了这些，对于千重子来说并不一定是幸事，但她心中已经萌生了对苗子这位姐妹的温情。

"她的心地比我单纯，能干活，身体好像也挺结实。"千重子自言自语道，"说不定有一天能帮我呢……"

于是，她神情恍惚地在大桥上走着。

"千重子，千重子！"真一叫她，"你怎么一个人在走，心事重重的样子，脸色也不好嘛。"

"啊，真一。"千重子回过神来，"你当童男时在长刀矛彩车上的样子多可爱呀。"

"可难受呢。不过现在想起还挺怀念的。"

真一身边有一个人。

"这是我哥哥，在读研究生。"

真一这位哥哥长得像弟弟，冲着千重子低头致意时却显得有点冲。

"真一小时候胆小、讨喜，漂亮得像个女孩，所以被选作童男，太傻了。"哥哥大声笑道。

走到大桥中段时，千重子看了看真一哥哥那张粗犷的脸。

"千重子今晚脸色苍白，好像很伤心的样子。"真一说。

"是不是因为大桥中间光线太亮了？"千重子说着停下脚步站稳，"再说来参加宵山的人个个兴高采烈，我孤孤单单一个女孩子家的，就显得有点感伤了吧。我没事的。"

"那可不行。"真一把千重子推向大桥栏杆，"你稍微靠一下吧。"

"谢谢。"

"河上风倒是不大……"

千重子以手按额，像是要把眼睛闭上。

"真一，你当童男乘长刀矛时大概几岁？"

"嗯，大概是虚岁七岁吧，我觉得是上小学前一年……"

千重子点点头，却没说话。她想擦一下额头和脖颈渗出的汗，于是把手伸进怀中，发现苗子的手绢在里面。

"啊！"

那手绢已经被苗子的泪水沾湿，千重子握着它，不知该不该拿出来。她把手绢团在掌中去擦额头，泪水便要涌出来。

真一一副不解的表情，因为他知道，以千重子的习惯，是不会把手绢揉得皱巴巴的塞在怀里的。

"千重子，热吗，还是觉得身上发寒？要是得了热感冒，可不容易好。快点回去吧……哥哥，我们送送吧。"

真一哥哥点头。他一直在盯着千重子看。

"我家很近，不用送了。"

"正因为近，就更得送了。"真一的哥哥语气干脆。

三人从大桥中段返回。

"真一，你当童男时，真的知道我一直跟在你乘的长刀矛后面吗？"

"记得，我还记得。"真一答道。

"那时还小。"

"是挺小的。童男如果东张西望，应该是挺不像样的，但还是觉得有个一点点大的女孩居然跟着来了。累得够呛吧，被带着到处转……"

"已经再也不能变回那么小的女孩了。"

"说啥呢？"真一轻轻地避开了她的话头，心中却在纳闷今晚的千重子到底怎么了。

送到千重子家的店里，真一的哥哥彬彬有礼地跟千重子的父母打了招呼，真一则守在哥哥身后。

太吉郎在后屋跟一位客人喝祭礼酒，其实也谈不上喝酒，只是在陪伴客人。阿繁则在一旁伺候，一时站起，一时坐下。

千重子说了声"我回来了",阿繁说:"这么早就回来了?"说完便观察女儿的样子。

千重子客气地与客人打了招呼后对母亲说:

"妈妈,我回来晚了,没能帮您忙……"

"没事,没事。"母亲阿繁说着,对千重子略使了个眼神,同她一起去厨房搬酒坛子。她说:

"千重子,他们是见你一副让人不放心的样子,所以送你回来的吧?"

"嗯,我与真一和他哥哥……"

"是呀,你脸色不好,走路都打晃。"阿繁说着用手试了试千重子的额头,"好像不发烧,但好像有心事。今晚有客人,你就跟妈一起睡吧。"说着温柔地抱住千重子的肩膀。

千重子忍住要流出的泪滴。

"你先去后屋二楼歇着吧。"阿繁说。

"好的。谢谢。"母亲的慈爱松解了千重子的心结。

"你父亲也因为客人太少而觉得冷清。晚饭时还有五六位呢……"

但是千重子已提起了酒壶。阿繁说:

"都已喝了不少,差不多了吧。"

千重子斟酒的那只手在发抖,于是又用左手托着,却仍是微微发颤。

今晚中庭的基督灯笼也点亮了,大枫树瘪陷处的两株紫花地丁依稀可见。

花虽已落,上下那两小株紫花地丁好像象征着千重子和苗子,它们看上去从未相聚过,但今晚是不是相见了呢?千重子在朦胧的光照中看到两株紫花地丁,泪水又要涌出。

太吉郎也觉察到千重子有心事,不时地看看她。

千重子悄悄地起身上了后屋二楼。她平时的睡觉房间已铺了客被。她从壁橱里取出自己的枕头,钻进了被子。

为了不让别人听到自己的抽泣声,她把脸贴在枕头上,用手抓着枕头两端。

阿繁上楼来,发现千重子的枕头好像湿了,便说:
"给。我一会儿再来。"递过新枕头后便立刻下楼,在楼梯处停下回头看了看,却什么也没说。

二楼本可铺三张床,却只铺了两张,而且用的是千重子的被子。母亲似是准备和千重子睡在一起。

只是有两条麻织薄毯叠放在铺尾,分别是母女俩的。

阿繁不铺自己的被子,而只铺了女儿的被子,看似没什么特别，千重子却体会到母亲的用心。

于是，千重子的泪水收住了，心情也平静了。

"我就是这家的孩子。"

对此虽坚信不移，但与苗子的邂逅突然搅乱了她的心境，一时难以抑制。

千重子站到镜台前望着自己的脸，想化妆掩盖一下，却又作罢，只是拿了香水瓶来，在床铺上洒了一点点，然后使劲勒紧了伊达卷[1]。

她无疑是难以马上就入睡的。

"我是不是对苗子这姑娘太冷淡了？"

一闭上眼，中川町那美丽的杉山就出现在眼前。

根据苗子所说，千重子大致了解了亲生父母的情况。

"我应该对这家的父母说出实情还是不说呢？"

或许这家的父母对千重子的出生地以及她的亲生父母都并不知晓呢。即使想到自己的亲生父母已不在这个世上，千重子也已不会落泪。

街上传来衹园祭的演奏声。

楼下的客人好像是近江长滨一带的绉绸商，酒劲有点上来，声音也变高了，连千重子藏身的二楼也可断断续续

---

[1] 伊达卷，女性和服系在宽腰带里面的窄腰带。

地听到。

客人好像喋喋不休地坚持说，彩车队伍从四条大街出发，通过宽阔而具近代风味的河原街，再绕到御池大街分散，甚至市政府门前还设了观览席，这些都是为所谓的"观光"事业服务的。

过去游行队伍经过京都式的狭窄街道，有的住房还会受到一点破坏，可是具有情调。据说在二楼就可讨得祇园粽[1]，现在祇园粽都改为撒发了。

四条大街另当别论，如果绕到小街上，彩车的下端就不容易看到了，这倒也不错。

太吉郎不慌不忙地分辩道，在宽阔的大马路上，彩车的全貌都容易看到，还是这样更气派。

千重子在床上好像都能听到彩车的大木轮在十字路口转弯时的声音。

今夜客人好像要宿在隔壁房间。千重子打算明天向父母说出从苗子那里听到的一切。

北山杉树村据说全是个人企业，但并非每家都拥有山地，有地的人家很少。千重子觉得自己的生父母也是山地

---

[1] 祇园粽，祇园祭活动的一种用品，用竹叶做成，用以驱邪除厄，不可食用。

主家的佣工。

"我现在在当雇工……"苗子自己也这样说过。

已是二十多年前的事了,那时的父母不仅以生双胞胎为耻,而且据说双胞胎也难以养活,再加上生计方面的考虑,千重子也许就是因此而被遗弃的。

千重子有三件事忘了问苗子:千重子遭弃时还是婴儿,为什么被遗弃的不是苗子而是千重子?父亲是什么时候从杉树上坠落的?苗子倒是说过自己"刚出生"……又说"妈妈好像是在自己的娘家生我的,那是在比杉树村更深的山坳里",她说的到底是什么地方?

苗子似乎认为被遗弃的千重子"身份不同",她是绝不会主动来找千重子的,要想说话,千重子必须主动去苗子干活的地方。

然而,千重子如若瞒着父母,好像是去不成的。

千重子曾反复读过大佛次郎[1]的名篇《京都的诱惑》,其中一段浮现在她脑海:

作为北山圆木原料的杉树林绿梢如层云般重重叠叠,红松的树干则成排成列,纤细而明快。树木们传来自己的

---

[1] 大佛次郎(1897—1973),日本小说家。

歌声，让整座大山就像一支乐曲。

比起祭庆的乐声和喧闹声，这座圆形大山形成的那种层层叠叠、延绵不断的乐曲以及树木的歌声更能回荡于千重子的心灵，这乐曲和歌声似是穿过北山常见的彩虹而传来一样……

千重子的忧伤已经淡去，或许那本来就不是忧伤，而是与苗子相会带来的惊奇、彷徨和困惑。但对一个女孩子来说，莫非命中注定就该流泪？

千重子辗转反侧，闭眼听着大山的歌。

"苗子是那么开心，我却怎么了？"

过了一会儿，客人和千重子父母一起上了后屋二楼。

父亲向客人道了晚安。

母亲叠好客人脱下的衣物后来到这边房间，准备去叠父亲脱下的衣服时，千重子说：

"妈妈，让我来吧。"

"还没睡吗？"母亲让她去做，自己躺了下来，高兴地说，"味道真好闻，到底是年轻人呀。"

近江的客人大概因为喝了酒，隔着拉门立刻传来鼾声。

"阿繁，"太吉郎叫旁边的妻子，"有田家好像有意把儿子送来吧？"

"当店员，哦，当社员？"

"上门女婿，给千重子……"

"怎么说这种话，千重子也还没睡呢。"阿繁阻止丈夫往下说。

"我知道。也让千重子听听。"

"……"

"他家老二，有事来过咱家几次。"

"我不太喜欢有田。"阿繁压低声音，语气却干脆有力。千重子耳中大山的音乐消失了。

"千重子。"母亲翻身转向女儿。千重子睁着眼却不回答，沉默了一会儿，交叉着双脚一动不动，屋里一时寂静。

"有田家想要这个店吧——我是这么想的。"太吉郎说，"况且他们也知道千重子是个漂亮的好姑娘……因为有生意来往，所以对咱家买卖的内容也都一清二楚，咱店里也有店员会向他详细透露的。"

"……"

"千重子再漂亮，若是让她为了家里的买卖而结婚，想也别想。阿繁，你说是吗？那可对不起神明呀。"

"那当然。"阿繁说。

"我的性格并不适合店里的生意。"

"爸爸，真的很抱歉，我让您把保罗·克利的画集带到嵯峨尼庵去了……"千重子坐起身向父亲道歉。

"说啥呢？这可是爸爸的乐趣和慰藉呀，如今就是我生活的意义所在了。"父亲轻轻颔首，"尽管我没有才能画出这种图案……"

"爸爸……"

"千重子，如果把咱家的店卖了，可以住在西阵，也可搬到清静的南禅寺或冈崎一带，找一处小房子住下，咱俩一起探讨衣料和腰带的图案设计，你觉得如何？你能耐得住清贫吗？"

"我对清贫毫不介意。"

"是吗？"父亲说完这句好像就睡了，千重子却睡不着。

可是第二天她仍早早醒来，打扫门前的路，擦拭格子门和长凳。

祇园祭的活动还在持续着。

十八日为后祭活动搭造彩车，二十三日是后祭宵山活动以及屏风祭，二十四日是彩车游行以及之后的供神狂言表演，二十八日是"御舆洗"以及返回八坂神社，二十九日举行奉告祭，祭庆活动宣告结束。

有几台彩车是要经过寺町的。

千重子心神不定地度过了将近一个月的祭庆。

秋色

沿堀川[1]行驶的北野线电车是明治"文明开化"现存的一个遗迹，终于决定要拆了，它可是日本年代最久远的电车。

千年古都以最早引进若干西洋新事物而为人所知，京都人似也具有这样的一面。

可是，能将这种老朽的"叮叮"电车运营至今，其中也许就有着"古都"之义。车身无疑很小，对面而坐的人膝盖几乎都要相碰。

然而一旦要拆了，也许是出于留恋之情，这电车又被人造花装饰成了"花电车"，并找了一批仿照久远以前的明治风俗打扮的人乘坐，以向广大市民宣示电车的停运。这也算一种"祭庆"吧。

---

1 堀川，流经京都市区中心并向南流的河。

接连几天中，本来无需乘车的人们把旧电车挤得满满当当，这可是在有人要用伞遮阳的七月。

东京现在已渐渐看不到有人打伞走路了，不过古都夏天的日照确实比东京厉害。

太吉郎在京都站前准备要乘这花电车时，有个中年妇女有意藏在他身后，一面好像还忍着笑。太吉郎毕竟可算是具有明治资格的了。

上车时，太吉郎发现了这个女人，有点腼腆地说：

"怎么回事？你可没有明治资格哟。"

"我也接近明治时代了，况且我家就在北野线上。"

"是吗？难怪这样。"

"你说这话好寡情呀……不过，该想起来了吧？"

"还带着个可爱的孩子……你都躲哪儿去啦？"

"胡说……你不是明明知道这不是我的孩子吗？"

"这我就不清楚了。女人嘛……"

"说啥呢？男人才那样呢。"

女人带着的姑娘确实肤白可爱，大概十四五岁，夏季单衣外系着条红细带，羞怯怯地抿着嘴在女人身边坐下，像是躲着太吉郎。

太吉郎轻轻拽了拽女人的衣袖。

"小千，往中间坐。"女人说。

三人沉默了一会儿，女人越过女孩的头在太吉郎耳边嗫嚅道：

"我常想把这孩子送给祇园当舞娘。"

"她是哪里的孩子？"

"附近茶屋[1]的孩子。"

"哦？"

"也有人以为是咱俩的孩子呢。"女人的声音轻得若有若无。

"瞎说。"

女人是上七轩[2]茶屋的老板娘。

"被这孩子拽着去北野的天满宫……"

太吉郎明知女人在开玩笑，却还是问那女孩道：

"你多大了？"

"初中一年级。"

"嗯。"太吉郎看着女孩说，"等我转世重生后，可要来找你哟。"

因是花街柳巷出身的孩子，对太吉郎话中的玄机似是能够心领神会的。

---

1 茶屋，此处特指地处花街柳巷、可提供艺伎服务的茶馆。
2 上七轩，京都市上京区的一条花街，是京都五花街之一。

"怎么会让这孩子拽着去天满宫呢？难不成她是天神化身？"太吉郎对女人打趣道。

"是的，是的。"

"天神可是男的哟。"

"已经变身女的了。"老板娘一本正经地说，"因为若还是男的，就又要重遭流放之罪了[1]。"

太吉郎几乎忍俊不禁，问道："女的又如何？"

"女的就会这样了，女人是会被好人疼爱的。"

"嗯。"

那女孩美得无可挑剔，刘海乌黑发亮，一对双眼皮实在漂亮。

"是独生女吗？"太吉郎问。

"不是。有两个姐姐，大姐姐来年春天初中毕业，可能就要出来做活了。"

"也像这孩子这么漂亮吗？"

"长得虽像，但不如这孩子。"

"……"

上七轩现在一个舞娘也没有。初中若没读完，是不被容许当舞娘的。

---

[1] 北野天满宫供奉的天神是菅原道真的化身，道真曾遭贬谪，死于流亡地。

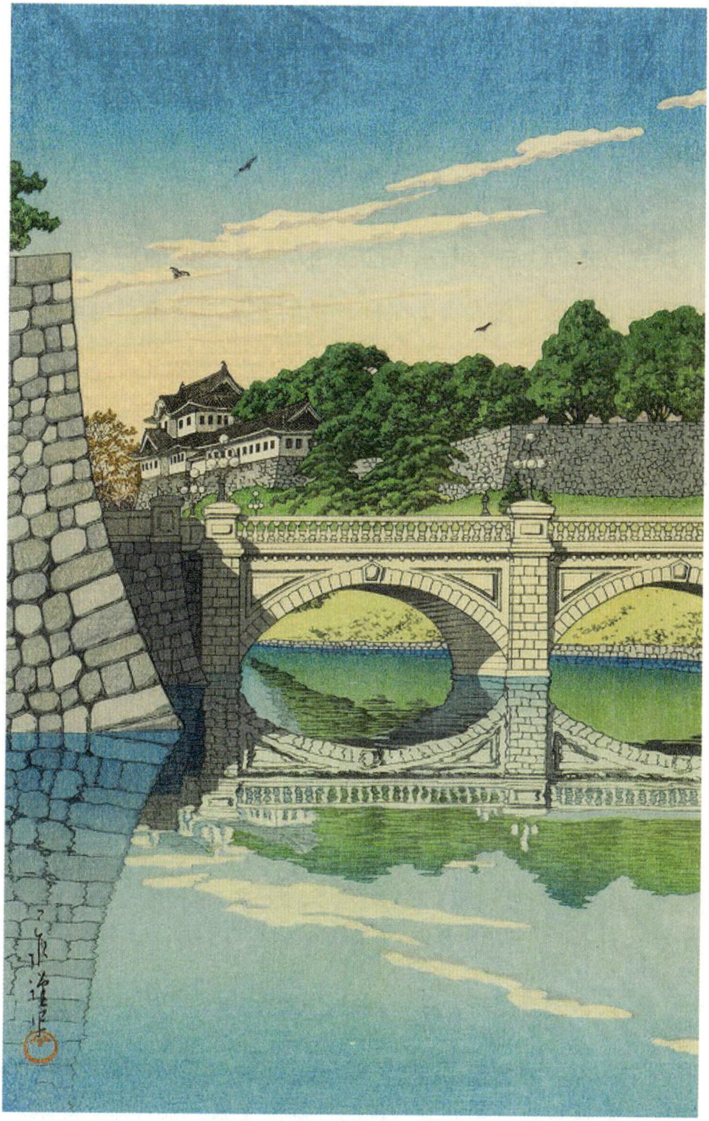

之所以叫作"上七轩"，可能是因为当初那里只有七家茶屋。太吉郎不知从哪儿听说，如今已经增加到二十来家了。

从前——也非太久远的从前——太吉郎常与西阵的织匠及地方上的客户一起去上七轩玩，当时的女人不知不觉地就浮现在太吉郎眼前，那时他店里的生意也正兴旺着。

"老板娘也真爱玩，还来乘这种电车……"太吉郎说。

"人就贵在念旧，"老板娘说，"咱们的生意也不能忘了旧客哟……"

"……"

"而且我今天是送客到车站，然后乘这电车回去……佐田先生一个人乘车，这才稀罕呢。"

"是呀，这是怎么回事呢？本来是看看花电车就行了，可是……"太吉郎自己也是一副不知所以的样子，"不知是因为过去值得怀念，还是如今过于寂寞。"

"还没到可谈寂寞的年岁呢。跟我一起走吧，看看年轻的姑娘……"

太吉郎好像要一直跟去上七轩了。

老板娘径直朝北野神社的神像前走去，太吉郎只好跟着。老板娘久久地虔诚祈祷，少女也低着头。

老板娘回到太吉郎身边说：

"小千要告辞了。"

"嗯。"

"小千回去吧。"

"谢谢。"姑娘跟他俩打了招呼，离去时已变成了初中生式的走姿。

"不错吧？看来那姑娘挺中您的意。"老板娘说，"再过两三年就可出道了，您期待着吧，从现在开始，我负责让她漂漂亮亮的。"

太吉郎不答话。神社范围挺大，既已到了这儿，他本想四处转转看看，只是天太热了。

"去你那里歇歇吧，我累了。"

"好的，好的，我从开始就这么想的。您好久没来了。"老板娘说。

进了茶屋的旧房子，老板娘改用一套正儿八经的待客口吻。

"欢迎光临。近来可好？常挂念着您呢。"然后又说，"躺一会儿吧，我去拿枕头来。啊，您不是说寂寞吗，给您找个乖巧的对象来说说话……"

"以前见过的艺伎就免了吧。"

太吉郎开始打盹时,来了一位年轻的艺伎。她静静地坐了一会儿,觉得这位客人面生,怕是不好应付。太吉郎表情木然,毫无谈话的兴趣。艺伎也许是为了给客人提精神,便说自己出道两年间喜欢过四十七个男人。

"正好跟赤穗义士[1]一样吧,其中有的已经四五十岁了,现在想想挺可笑……别人笑我实在是一厢情愿。"

太吉郎已经完全清醒了,问道:

"现在呢?"

"现在一人。"

这时,老板娘也进了房间。

艺伎二十来岁,但太吉郎还是怀疑她是否真的能记住交往不深的男人有"四十七人"。

她又说,自己出道第三天领着一位总不如意的客人去洗手间时,突然遭到强吻,便咬了客人的舌头。

"出血了吗?"

"是的,出血了。客人勃然大怒,要我赔治疗费。我哭了,引起了一点骚乱,但那都是对方惹起的呀。我现在连他的名字都忘了。"

"嗯。"太吉郎看着她的脸,心里在想:这样一个娇

---

[1] 赤穗义士,1703年,日本赤穗藩47名家臣为主报仇,史称"赤穗义士"或"四十七士"。

小溜肩，当时应该十八九岁的京都美人，看起来一副温顺的样子，居然能狠狠地一口咬下去。

"让我看看你的牙齿。"太吉郎对年轻的艺伎说。

"牙齿？我的牙吗？我说话的时候，您该看到了吧。"

"再仔细看看，好吗？"

"不干，我不好意思。"她紧闭上嘴，然后又说，"不行呀，老爷，闭上嘴不就没法说话了吗？"

她的嘴形可爱，露出小粒的白齿。太吉郎戏谑道：

"牙齿咬断了，装了假牙吧？"

"舌头可是软的哟。"艺伎冒了一句，赶紧又说，"讨厌，再不理你了……"说着把脸藏到老板娘的背后。

过了一会儿。太吉郎对老板娘说：

"既然已经来了，顺便看看中里[1]吧。"

"好的……中里也会高兴的。我陪您去好吗？"老板娘说着起身便走，像是要去梳妆台前稍坐一会儿。

中里的门面依旧，客间却焕然一新。

又有一位艺伎加入，太吉郎在中里待到了晚饭后。

秀男正是在太吉郎这次外出的当口来到了他店里，因

---

1 中里，上七轩的一家茶屋。

为说要找小姐,于是千重子便到了店头。

"祇园祭时说好的腰带图案,我已经试着画出来了,带来请你看看。"秀男说。

"千重子,"母亲阿繁叫道,"请他来后屋。"

"是。"

在一间面对中庭的房间,秀男让千重子看图案,一共有两幅,一幅是菊花,配有绿叶,却又画法新颖,几乎让人意识不到是菊叶;另一幅是枫树。

"真好。"千重子看得入神。

"能让千重子小姐满意,是我最开心的事……"秀男说,"想用哪一幅?"

"嗯……若用菊花,腰带一年四季都可系……"

"那就让我照菊花这幅图案来织,好吗?"

"……"

千重子把头低下,现出忧郁的表情。

"两幅都不错,只是……"说着欲言又止,"你能把杉树和红松的山画出来吗?"

"杉树和红松的山?有点难,但我考虑一下。"秀男不解地看着千重子的脸。

"秀男哥,对不起了。"

"哪有什么对不起的……"

"这是因为……"千重子不知如何说是好,"祭庆那天晚上,你在四条大桥上对她承诺织腰带的那位,其实不是我,你看错人了。"

秀男说不出话来,一副沮丧的表情。他不相信千重子的话。他是为了千重子而殚精竭虑地制作了图案,难道她真的要当场拒绝秀男?

即便这样,千重子的言行举止还是让他有点难以接受。秀男的暴躁脾性又有点冒头了。

"难道我见到的是你的幻影?我是在跟你的幻影说话?祇园祭冒出幻影了?"秀男没说出口的是:那是"意中人"的幻影。

千重子绷着脸说:

"秀男哥,当时跟你说话的是我的姐妹。"

"……"

"姐妹。"

"……"

"我也是那天晚上初次见到那位姐妹。"

"……"

"这位姐妹的事我还没有跟我父母说。"

"噢?"秀男惊讶而不解。

"你知道北山圆木村吧？她就在那里干活。"

"噢？"

秀男甚是意外，以致说不出第二句话来。

"你知道中川町吧？"千重子说。

"嗯，我只是乘公交车曾路过那里……"

"你织的腰带请送一条给那姑娘。"

"欸。"

"送给她。"

"欸。"秀男点头，仍是狐疑状，"您是因此要求图案上要有长有红松和杉树的山吗？"

千重子点头。

"好的。不过，是不是跟她的生活环境有点冲突了？"

"这就要看你如何设计了吧？"

"……"

"她会珍爱一生的。她叫苗子，因为家里没有山地产权，所以特别能劳动，比我这样的人踏实得多……"

秀男虽仍不信，却还是说：

"因为是您的吩咐，我一定认真去织。"

"我再说一遍，那姑娘叫苗子。"

"明白。可是，她怎么会跟您那么像呢？"

"亲姐妹嘛。"

"再是亲姐妹,也……"

千重子还是没有告诉秀男,她们是孪生姐妹。

因为是夏季的祭庆,衣着都比较简单,所以秀男在夜晚的灯光下把苗子认作千重子,这不一定就是因为眼神不好吧。

漂亮的格子门外另套着一层格子门,还放着长凳,很深的店面纵深——这在今天也许已是徒存形式,但毕竟是一家具有京城排场的绸缎批发店,这种人家的女儿与北山杉树村圆木店的打工女怎么会是亲姐妹呢?秀男实在不能相信,但这种事情不是可以刨根问底的。

"腰带织好后,我送到这里来好吗?"

"唔……"千重子略做思忖后说,"你能不能直接送到苗子那里?"

"能。"

"那就请你这么办。"千重子的托付充满诚意,"不过确实很远……"

"欸,我知道挺远。"

"苗子不知会多高兴呢。"

"她会接受吗?"秀男的疑问理所当然,苗子很可能会大吃一惊。

"我会事先告诉苗子的。"

"是吗？那我就保证送到，可是送到哪一家去呢？"

这连千重子也还不知道："你问的是苗子所在的人家吗？"

"是的。"

"我用电话或写信告诉你。"

"我不把你们作为两人区分，只当作是您的腰带，认真织好后送去。"

"谢谢。"千重子低头施礼，"拜托了。你会觉得有点怪吗？"

"……"

"秀男哥，请你织的是苗子的腰带，别再当作是我的了。"

"是，明白。"

没一会儿，出了店门的秀男还是百思不得其解，但他不得不开始把脑子转向腰带图案的设计方面。如果要用上红松和杉树的山景，若无相当的勇气，织出的腰带对千重子来说可能就会过于素净。秀男总觉得是在为千重子织腰带，但如果想到是苗子的腰带，就不能与她的劳作生活环境过于冲突，正如他对千重子也说过的那样。

秀男曾在四条大桥上见到"像是千重子的苗子"或

"像是苗子的千重子",他现在又想去那里走走,便把脚步朝向大桥,可是白天的阳光带给他的只是暑热。他倚着大桥栏杆闭上眼睛,想从人群和电车的杂沓声中,去辨识河水那几乎难以听到的流动声。

千重子今年没去看"大文字"篝火,而母亲甚至都难得地跟着父亲出去了,留下千重子在家。

父亲他们和附近熟识的两三家批发商一起,事先租下了木屋町二条下茶屋的房间。

八月十六日的"大文字"篝火是盂兰盆会[1]送灵之火,据说源于旧时人们为了将飘荡在空中的亡灵送回冥府,而将松明火炬扔向天空的习俗,后来就演变为夜晚在山上点燃篝火。

"大文字"本是指东山如意岳的"大"字形篝火,实际上后来陆续发展为在五座山上点火,包括金阁寺附近大北山的"左大文字",松崎西山的"妙"字形、东山的"法"字形,西贺茂明见山的船形以及上嵯峨山的牌坊形篝火。点火的四十分钟里,市内的霓虹灯、广告灯也全部熄灭。

点火时的山景以及夜空的景色,都让千重子感受到了

---

[1] 盂兰盆会,迎接和供奉祖先之灵的民俗性佛教活动。

一种初秋之色。

立秋前夜，下鸭神社有越夏的祭神活动，比"大文字"早半个月左右。

千重子为了看"左大文字"等篝火，常常与几位朋友一起登上加茂川的河堤。

对于大文字篝火，千重子虽然自幼就习以为常，但随着年龄的增长，每年到时总又会想到这个节庆的到来。

千重子走出店门，在长凳周围与邻居家孩子一起玩耍。小孩子们似乎并不在意"大文字"之类，反倒觉得焰火更有趣。

可是今年夏天的盂兰盆会给千重子带来了新的哀愁，因为她在祇园祭时见到了苗子并从她那里得知自己的生身父母都已早早去世。

"明天去看看苗子吧。"千重子想，"秀男的腰带一事也应跟她说清楚了。"

第二天午后，千重子穿着一身不起眼的衣服出门了——她还不曾在白天的亮光下看过苗子。

她在菩提瀑布站下了巴士。

北山町似乎正是大忙季节，男人们在剥杉木皮，杉皮堆积如山，周围摊得到处都是。

千重子犹疑地走了几步，苗子一溜烟地跑了过来。

"小姐，你来得真好，真的，真的……"

千重子看着苗子一副劳作的装束，说：

"不要紧吗？"

"欸，今天已经请假了，看见你过来……"苗子气喘吁吁地说，"我们去杉树林里说话吧，没人能看见。"说着便拉住了千重子的袖子。

苗子兴冲冲地解下围裙铺在地上。丹波棉布围裙可围前后一圈，宽度足够两人并排坐在上面。

"请坐。"苗子说。

"谢谢。"

苗子取下包头巾，一边用手指把头发往上拢了拢，一边说道：

"你来得真好，我很开心，开心……"

她盯着千重子，两眼放光。

四周散发着泥土和木材的气味——杉山的强烈气息。

"坐在这里，下面一点也看不到。"苗子说。

"我喜欢美丽的杉树，偶尔会来，但进到山上的杉林里面，这还是第一次。"千重子打量着四周，几乎是一个模样的大杉树成群地挺立着，把两人围在其中。

"这是人工栽种的杉树。"苗子说。

"哦?"

"这些树大约已长了四十来年,已可伐做房柱之类。如果任它们继续生长,千年之后不知会有多粗多高呢。我偶尔就会这么想,觉得还是更加喜欢原生林。这个村子就像是在生产鲜切花一样……"

"……"

"这个世界如果没有人类,也就没有京都这个城市,会是一片天然森林,遍地杂草吧,这一带一定会是野鹿和山猪的领地呢。人为何要来到这个世界呢?人是可怕的呀……"

"苗子,你会这么想吗?"千重子很是惊讶。

"嗯,有时会……"

"你讨厌人世间吗?"

"我虽然很喜欢人世间……"苗子回答,"再没有比人世间更让我喜欢的了。可是,这个地面上若是没有人,那会变成怎样呢?我在山里打盹醒来时会突然有这样的念头……"

"那不就是藏在你心里的厌世情绪吗?"

"我每天都快快乐乐地干活,很不喜欢厌世……可是,人世间……"

"……"

两位姑娘所在的杉树林突然暗了下来。

"要下阵雨了。"苗子说。雨水积在杉树枝梢的叶子上,形成大滴的水珠后落了下来。

同时响起了隆隆雷声。

"我怕,害怕。"千重子脸色苍白,握住苗子的手。

"你弯腰蹲下。"苗子说完后抱住千重子,用自己的身体从上面几乎完全盖住了她。

雷鸣声越来越骇人,电闪与雷鸣之间渐渐变得没有间隙,那声音有似山谷行将迸裂。

雷电像是迫近了她俩的正上方。

杉山的树梢在雨中沙沙作响,每记电闪,那光焰都直照地面以及两位姑娘周围的杉树树干,那些笔直漂亮的树干瞬间让人毛骨悚然,随即又响起了雷鸣。

"苗子,雷好像要炸下来了。"千重子说着越发蜷着身子。

"或许会炸下来,但不会炸在咱们身上。"苗子语气坚定,"怎么可能呢?"

说着,更竭力地用自己的身体去包覆千重子。

"小姐,你的头发有点湿了。"苗子说着,用手绢去擦千重子后面的头发,然后把手绢对折,盖在千重

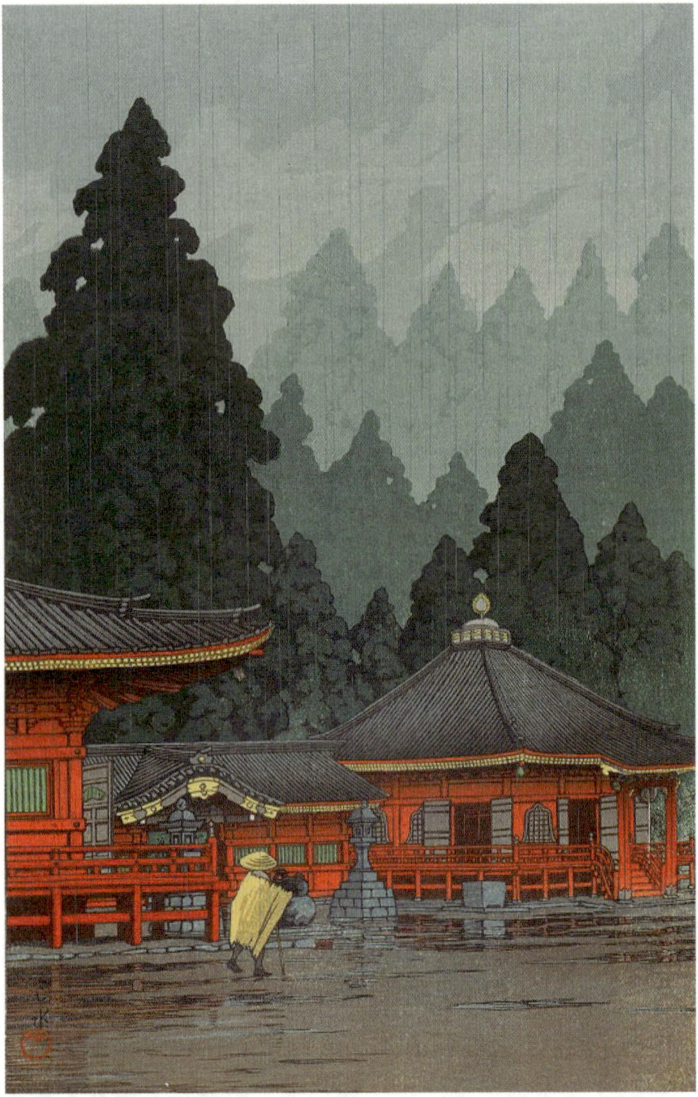

子头上。

"这手绢可能会有点透水,可是雷绝对不会炸到千重子头上或咱们附近的。"

苗子这些打气的话让生性刚强的千重子稍稍平静下来。

"谢谢……真的很感谢。"千重子说,"你只顾罩着我,自己湿透了吧?"

"我穿着工作服,完全不要紧的。"苗子说,"我很开心。"

"你腰间亮闪闪的是什么?"千重子问。

"啊,我都忘了,是镰刀。刚才在路边剥树皮时看见你,就奔了过来,所以……"苗子发现了自己的镰刀,"挺危险的。"

说着把镰刀扔向远处。那是一个没装木柄的小镰刀头。

"回去时再拾吧,不过我不想回去……"

这时,一个雷好像要从她俩头顶扫过。

千重子清楚地感觉到苗子在用整个身子护着她。

虽说是夏天,山中的骤雨还是浇得千重子手脚发凉,但被苗子从头到脚罩着,她的体温传遍千重子全身,甚至深深沁遍千重子的整个身心。那是一种不可言喻的亲情和温暖,千重子久久地闭着眼睛,静静地享受这种幸福。

"苗子,真的要谢谢你。"千重子重复道,"在妈妈的肚子里,我就是这样得到苗子呵护的吧?"

"肯定是我挤你一下,你踢我一脚吧?"

"是吗?"千重子笑了,笑声中充满亲情。

骤雨好像随着雷声一起过去了。

"苗子,真要谢谢你……已经没事了吧。"千重子说着动了动身子,像是要从苗子身下站起来。

"好的,不过再稍等一会儿,积在杉树叶上的雨水还在往下滴呢……"苗子仍罩着千重子,千重子用手试了试苗子后背,说:

"湿透了吧,冷吗?"

"我习惯了,没事的。"苗子说,"你能来我就高兴,浑身暖洋洋的。你也有点淋湿了。"

"苗子,爸爸是在这附近从杉树上坠落的吗?"千重子问。

"不知道。我那时也是个婴儿。"

"妈妈的老家呢?外公、外婆还在吗?"

"这也不知道。"苗子答道。

"你不是在老家长大的吗?"

"你干吗要问这些呢?"

苗子语气严厉,千重子噤声了。

"对你来说,这些人都是不存在的。"

"……"

"你只要认我是你的姐妹,我就很感谢了。祇园祭时我说得太多了。"

"不,我很开心。"

"我也一样,不过我不会去你家的。"

"你可以来的。我会跟父母说……"

"别说。"苗子语气激动,"你若像今天这样遇到困难,我会拼死护着你的,但是……你能理解吗?"

"……"千重子眼角一热,"苗子,祭庆那晚你被错认为我时,一定不知所措了吧?"

"嗯,你说的是那位跟我谈腰带的人吧?"

"那个小伙子是西阵腰带店的织匠,做事踏实……他说了要给你织腰带吧?"

"那是因为他把我错认为你了。"

"他最近把腰带图案拿来给我看了,我于是告诉他那不是千重子,而是千重子的姐妹。"

"噢?"

"我托了他给我的姐妹苗子也织一根。"

"给我?"

"他不是跟你说好了吗?"

"那是因为他认错人了。"

"他既然给我织一条，也就要给你织一条，作为姐妹的纪念……"

"我……"苗子愕然。

"这不就是祭拜祇园神明时许下的承诺吗？"千重子温情地说。

苗子那护着千重子的身体变得有点僵硬，一动不动了。

"小姐，你遇到困难时，我愿做你的替身去承受一切，但我不愿做你的替身去接受别人的东西。"苗子斩钉截铁地说。

"人家是一片好意。"

"我不能代替你。"

"你能代替我。"千重子竭力说服苗子，"难道我给你你也不要？"

"……"

"我请他织时就说是要送给你的。"

"有点不对吧？祭庆那晚，他认错了人，说是想送千重子一条腰带。"苗子顿了顿又说，"那位腰带匠、织匠，他爱慕着你，我也是女人，所以心里明白。"

千重子抑制着自己的羞怯，说：

"所以你就不愿要了？"

"……"

"我明明是请他给我姐妹织的。"

"那我就要了。"苗子驯顺地屈服了,"请原谅我刚才的拒绝。"

"他会送去你家。你住的那家姓什么?"

"姓村濑。"苗子答道,"那腰带大概很高级吧,我有机会系它吗?"

"苗子,人将来的路是很难预料的。"

"是的,是的。"苗子点头,"虽然我不指望怎样出人头地,但哪怕没机会系它,我也会好好珍惜的。"

"咱家店里虽然不大做腰带生意,但我会为你找一件与秀男的腰带相配的和服。"

"……"

"我父亲是个怪人,最近渐渐厌烦生意上的事了。像咱家这种啥都卖的批发店,也不可能尽是好东西,那些化纤织物、毛织物也越来越多了。"

苗子抬头看看杉树枝梢,从千重子背后站了起来。

"还有一点点雨滴在往下落,不过……让你受憋屈了吧?"

"没有,都靠着你……"

"小姐,店里的事情你也稍微帮着点好吗?"

"我吗?"千重子像受了一击似的站了起来。

苗子的衣服已经湿透,紧贴在身上。

苗子没把千重子送到车站,与其说是因为身上湿了,更可能是怕引人注目吧。

千重子回到店里时,母亲阿繁正在通道土间的后面准备店员的点心。她跟女儿打了声招呼。

"妈妈,我回来得太晚了……爸爸呢?"

"钻到幕帘后面想什么事呢。"母亲盯着千重子看,"你去哪儿了?衣服都湿成皱巴巴的了,赶紧换了吧。"

"好的。"千重子上后屋二楼坐了一会儿,慢吞吞地换着衣服。待她下楼来时,母亲已把下午三点的那顿点心分给了店员。

"妈妈。"千重子的声音有点发抖,"我有件事情只想对您说……"

阿繁点点头说:"去后屋二楼吧。"

这时千重子变得有点紧张,说:

"这里也下阵雨了吗?"

"阵雨?没下阵雨,但你不是要跟我谈阵雨吧?"

"妈妈,我去了北山的杉树村,我的姐妹在那里……不知是姐姐还是妹妹,我们是双胞胎,今年祇园祭时初次见面的。她说我们的亲生父母早就去世了。"

阿繁无疑是受到了意外的冲击,只是盯着千重子的脸看,说:"北山的杉树村?嗯?"

"我不能再瞒您了,尽管我们只是在祇园祭和今天见过两次面……"

"是一位姑娘吗?如今在干什么?"

"给杉树村的一户人家打工,是个好姑娘,她不肯来咱家。"

"唔。"阿繁沉默片刻后说,"知道了这事也挺好的。那么,你……"

"妈妈,我是这家的女儿,请您要像过去那样把我当作自家的孩子。"千重子恳切地说。

"那还用说吗,千重子已经做了我二十年的女儿。"

"妈妈……"千重子把脸埋进阿繁的膝盖。

"其实呢,打祇园祭之后,千重子就常常有点神情恍惚,妈妈还想问你呢,是不是有心上人了。"

"……"

"你哪天能把那姑娘带到咱家来一次吗,哪怕是夜晚,等店员都下班了。"

千重子轻轻摇了摇自己搁在母亲膝上的头说:

"不会来的。她还称我小姐呢……"

"是吗？"阿繁抚摸着千重子的头发，"谢谢你告诉我了。她长得跟你像吗？"

丹波壶里的金铃子又开始轻轻叫了起来。

青松

得到通知说南禅寺附近有合适的房子出售,太吉郎便劝妻子、女儿一起去看看,同时也就作为金秋时节的散步了。

"你准备买吗?"阿繁问。

"看过再说。"太吉郎顿时不耐烦了,"听说削价了,只是小了一点。"

"……"

"权当散步总可以吧。"

"行是行,不过……"

阿繁有点不安:买下那房子,是不是天天要来原来的店里上班?正如东京的银座和日本桥一带,京都中京区的批发街也有越来越多的老板在旁处置了住房,再每天到店里上班。仅此倒也罢了,自家的买卖虽不景气,但另置一处小住房的余裕还是有的。

可是，太吉郎会不会想把店卖了，到那处小房子里"隐居"呢？再者，趁尚有余裕时尽早当机立断虽说也许不错，可是这样一来，丈夫在南禅寺附近的小房子里做些什么来度日呢？他已经五十过半，所以阿繁希望他能过得舒心一些。店虽说可以卖个相当好的价钱，可是靠吃利息的日子毕竟还是叫人心中没底的。若能有人把这笔钱很好地运转起来，大概是能过得轻松的，但阿繁一时想不起有这样的人。

母亲的这种担忧即使没说出口，女儿千重子似乎还是心领神会的。千重子还年轻，她用体恤的目光看着母亲。

与她俩相比，太吉郎是开朗乐观的。

"爸爸，如果去那里，能不能从青莲院[1]经过一下？"千重子在车上向父亲要求说，"只要从入口处面前……"

"樟树，是想看樟树吧？"

"是的。"千重子惊讶于父亲的明察秋毫，"是樟树。"

"去，去那里。"太吉郎说，"爸爸年轻时也曾在那棵大樟树的树荫下跟朋友一起谈天说地呢。那些朋友现在已经都不在京都了。"

"……"

---

[1] 青莲院，位于京都市东山区，天台宗门迹寺院（由皇族、贵族出家人担任住持的寺院）。

"那一带处处让我怀念。"

千重子一时没说话,听任父亲沉入年轻时的回忆,然后说:

"我也是从学校毕业后就没再在白天看过那棵樟树了。"

千重子接着说:"爸爸,你知道夜间观光巴士的路线吗?在寺院中加入了青莲院一站,巴士一到,就有几个僧人提着灯笼来迎客。"

僧人提灯的灯光一直把客人引到寺院玄关,这条路挺长,但情趣也可说就在于其中。

根据游览巴士说明书所记,青莲院的尼僧是要以薄茶一杯待客的,可是千重子笑道:

"照规定尼僧是要亲手把刚沏好的茶端到客人手中的,可是我们被领到大厅后,一群人把粗陋的茶碗往一个大盘子里随手一搁就匆匆而去。或许其中也混杂着尼姑,但来去匆匆,都来不及看她们一眼……大失所望,茶也不热。"

"那也是没办法的事,若要周到,则太费时间了吧?"父亲说。

"嗯,这倒还罢了,四面八方的灯把那个大庭院照得通亮,出来一个和尚站在庭院当中发表一番演说,虽只是介绍青莲院的情况,但口才确实了得。"

"……"

"进了寺院后,不知哪里传来古琴的声音,我便与朋友讨论这是真有人在弹还是在放唱片。"

"哦?"

"然后就去看祇园的舞娘,看她在排练场舞了两三曲。啊呀,已经想不起来那舞娘叫啥了。"

"怎么了?"

"系着垂带,衣裳却好像不怎么样。"

"那是……"

"还是从祇园去岛原[1]的角屋[2]看太夫[3]吧,太夫的服装应该是货真价实的了,侍女也是……在百目蜡烛[4]的照耀下,表演了一下古时饮酒的礼仪,然后在玄关的土间让我们看了一下太夫道中[5]场景的表演。"

"呵呵,能看到这些就挺不错了。"太吉郎说。

"是的。青莲院的提灯出迎和岛原的角屋都挺好。"

---

1 岛原,位于京都市下京区,最早的合法花街,也是和歌俳谐等各种文艺活动的中心。
2 角屋,原为大型宴会场所,现设有文化美术馆供参观,并有各种表演。
3 太夫,最高等级的艺伎,与"花魁"相似。
4 百目蜡烛,一种特别粗大的蜡烛,重约375克。
5 太夫道中,起源于江户时代,原指太夫去迎接要客时身穿华服走过街巷的举动,后成为一种表演活动。

千重子应道，"这些事情，我记得以前好像说过……"

"也带妈妈去一次吧，我还没看过角屋和太夫呢。"母亲正说着，车子已到青莲院门前。

千重子怎么会想起要看樟树？是因为曾在植物园的樟木林荫道上走过，还是因为北山杉树是人工栽培，而苗子说过喜欢自然生长的大树呢？

可是，青莲院入口处石墙上方只有四棵樟树并立，其中最靠前的那棵似乎年代最久。

千重子一行三人站在樟树前看着它，什么话都不说。细看过去，大樟树树枝那奇异的弯曲方式以及铺展、交缠的姿态中，似乎潜藏着某种令人畏惧的力量。

"看好了吗？走吧。"太吉郎朝南禅寺方向迈出了脚步。

太吉郎从怀中的钱包里掏出一张纸，上面画着去待售房子的路线图。他边看边说：

"千重子，爸爸虽不太了解樟树，但那是南国之树，适合生长在温暖的土地上吧？比如热海、九州一带就挺多的。这里的虽是老树，却总让人觉得像是大型盆栽。"

"京都不就是这样吗？无论是山、河，还是人，都……"

"啊，是吗？"父亲点头，又说，"人，可不全都是那样哟。"

"……"

"无论是现在的人还是古时的历史人物……"

"是呀。"

"若像千重子说的那样,日本这个国家不也这样吗？"

"……"千重子觉得父亲的借题发挥确有道理,但还是说,"爸爸,但我仔细看了后,觉得那樟树的树干,还有那神奇地铺展开来的树枝,都令人生畏,是不是有着一种了不起的力量？"

"是呀。年轻姑娘竟在思考这样的问题吗？"父亲看看樟树,然后又盯着女儿看,"确实如你所说,就像你那乌亮的头发那样茂盛……爸爸已经老朽愚钝,今天能听你这么说真挺好的。"

"爸爸。"千重子这声呼唤中满含强烈的感情。

从南禅寺山门往里看,里面宁静而开阔,仍如平时那样较少人迹。

父亲看着房屋的位置图朝左转弯。这房子看上去委实较小,但土墙很高,进深较深。进了窄小的门往玄关去的路上,两侧各开着长长一溜白花胡枝子。

"看,真漂亮！"太吉郎在门前停下盯着胡枝子的白花看,却已没了为买房而来的心情,因为看见隔壁一座较大的房子已成了料理旅馆。

但那成排的白花胡枝子却又让他难以离去。

太吉郎很久没来这里,在此期间,南禅寺门前一带大路边上的房子多已成为料理旅馆,其中有些改建为大的集体宿舍,外地来的学生闹闹哄哄地进进出出。

"房子好像不错,但还是不行。"太吉郎在种着胡枝子的那家门口嘟囔道,"最近整个京都料理旅馆成风,就像高台寺[1]一带……大阪、京都之间成了工业地带,而京都西部还有空地,虽然不太便利,但那附近不知还会盖起什么样的时新而怪异的房子来呢……"

父亲一副沮丧的表情。

太吉郎像是不舍那成排的白花胡枝子,走出七八步后又独自折返去看。

阿繁和千重子在路上等他。

"花开得真好,难道是有什么秘诀?"太吉郎回到她俩身边说,"不过,要是用竹架子支一下就好了……下雨后,胡枝子叶子上的雨水会滴湿铺路石,可能不好走路呢。今年房主盼着胡枝子开花的时候大概还没想到要卖房子,真到了非卖不可时,大概也就顾不得胡枝子如何了。"

---

[1] 高台寺,位于京都市东山区,临济宗建仁寺派的寺院。

母女俩默然。

"人，大概就是这么回事吧。"父亲脸色有点阴沉。

"爸爸那么喜欢胡枝子吗？"千重子的语气明快，"今年已经来不及了，来年让千重子为爸爸设计一款胡枝子碎花图案吧。"

"胡枝子属于女性的花纹，是给女人的夏季单衣用的。"

"我要把它设计成既非女性，也非夏服的图案。"

"呵呵，碎花之类，是要做内衣吗？"父亲看着女儿，笑着打岔道，"爸爸作为回报，给千重子设计一件樟树图案的和服或外褂，让你穿得像个妖精……"

"……"

"搞得男女颠倒了吧。"

"没有颠倒。"

"你会穿着那怪物似的樟树图案走出去吗？"

"是的，我会，去哪儿都行……"

"嗯……"父亲低头陷入沉思，又说，"千重子，我并非独爱胡枝子，不管是什么花，因着见到的时间和场合，我都会有一种沁人心脾的感觉。"

"是呀。"千重子答道，"爸爸，既然已经到了这里，龙村也不远了，我想顺便过去看看……"

"啊，是面向外国人的商店……阿繁，你看如何？"

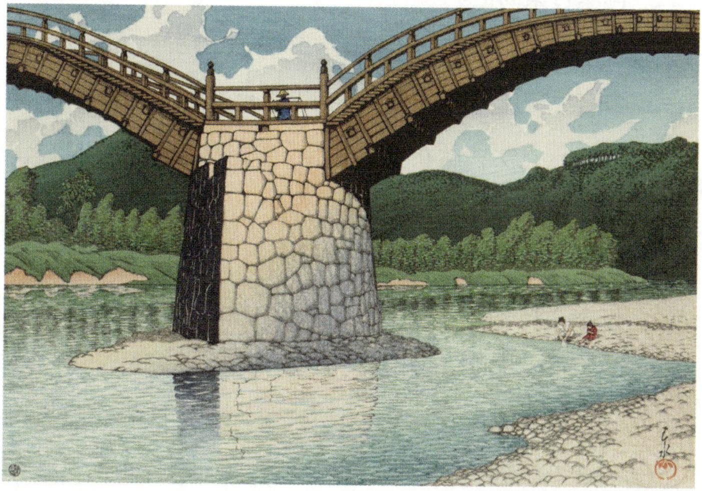

"只要千重子想去看……"阿繁爽快地说。

"是吗？龙村可没腰带卖哟……"

这一带都是高档住宅街，属于下河原町。千重子一进店门便认真地看起了右边成排成摞的丝绸女装衣料，这些都并非龙村的东西，而是钟纺[1]的织品。

阿繁过来问道：

"千重子也想买洋装？"

"不是，妈妈，我在考虑外国人喜欢什么样的丝绸料。"

母亲点点头，站在女儿身后，不时伸出手指去摸摸绸料。

以正仓院[2]布料残片为主的古代布料残片的仿制织品挂在正中央的房间和走廊里。

这些就是龙村的东西，太吉郎看过几次龙村的展览，也看过古代布料的残片及其图录，这些都装在他的头脑里，它们的名称他也都知道，但此时他还是不由得认真地去看。

"让外国人看看，日本也能生产这样的东西。"一位

---

1 钟纺，日本一家具有百年历史的纺织品企业。
2 正仓院，奈良东大寺的仓院，内藏有东大寺大佛开光仪式所用的器具和各种宝物，还有光明皇后捐献给东大寺的各种物品。

太吉郎认识的店员说。

太吉郎以前来这里时也听过这样的话,但这次还是点头表示赞同,即使对于那些仿照中国古代织品的样品,他也说:

"真是了不起的东西,这是从前……千年前的东西了吧?"

这里的仿古大块绸料好像是非卖品——若有织成女式腰带的,太吉郎总会选几条自己喜欢的买给阿繁和千重子。但这店看来是面向外国人的,没有腰带,大的卖品顶多就是台布之类。

另外,展柜里还陈列着一些袋子、钱包、烟包、小方巾等。

太吉郎买了两三条并无龙村特色的龙村领带和"菊揉"纸包。"菊揉"是把光悦[1]在鹰峰[2]发明的"大菊揉"造纸工艺移用于小块绸布料上,其年代相对并不久远。

"记不清是在东北的什么地方,如今也有用结实的和纸做类似东西的。"太吉郎说。

"哦,哦。"店员应道,"我还不太清楚这与光悦之间的关系呢。"

---

1 光悦,全名本阿弥光悦(1558—1637),日本装饰艺术家。
2 鹰峰,位于京都市北区。

靠里的展柜上面摆放着索尼的小型收音机，这让太吉郎他们也不禁意外，觉得哪怕是用以赚取外汇的寄售商品，也未免有点……

三人被领到里面的接待室以茶招待，店里人告诉他们，这些椅子曾被几位外国来的所谓贵宾坐过。

玻璃窗外有一片杉树，树不大，品种却很少见。

"这是什么杉树？"太吉郎问。

"我也不太清楚……听说叫作'koyou'杉。"

"字怎么写法？"

"花木工可能不识字，不能确定，反正和阔叶杉不同，听说长在本州以南。"

"树干那颜色……"

"那是青苔。"

传来小收音机的声音，他们回头去看，有个年轻男子在对三四位西方女子做介绍。

"啊，那是真一的哥哥。"千重子说着站起身来。

真一的哥哥龙助也向千重子这边走来，并向坐在接待室椅子上的千重子父母点头致意。

"你在给她们做导游？"千重子说。两人相对走近后，千重子觉得龙助与为人随和的真一不同，有一种咄咄逼人的味道，让她觉得不好说话。

"算不上导游。本来是我朋友为她们翻译兼陪同，但他妹妹死了，我帮他顶替三四天。"

"啊呀，妹妹……"

"是呀，比真一小两岁吧，挺可爱的姑娘，可惜……"

"……"

"真一英语好像不行，人又害羞，所以我就……这店本来不需要翻译的……再说客人在这里也就是买个小收音机吧。她们是住在都酒店的美国人的太太。"

"是吗？"

"都酒店离这里挺近，所以就过来看一下。本应好好看看龙村的织品，她们却只顾着看小收音机了。"龙助低声笑了，"随她们去吧。"

"我也是第一次见这里放了收音机。"

"不管是小收音机还是丝织品，换成的美元都是没区别的。"

"是的。"

"刚才去院子里看到各种颜色的彩鲤，我就在想如果她们详细问起，我该如何介绍，结果她们只是一个劲地说好看，可让我如释重负了。我对彩鲤不大了解，不知它们的各种颜色用英语该如何说才对，何况还有带斑纹的各种颜色……"

"……"

"千重子，咱们出去看看鲤鱼吧。"

"那几位太太怎么办？"

"还是让这里的店员去伺候吧，快到回酒店喝茶的时间了，她们还得和丈夫会合去奈良呢。"

"我去跟爸妈打个招呼就来。"

"啊，我也要去跟客人打个招呼。"龙助说罢便去那几位妇人那里说了什么，妇人们一齐朝千重子这边望，千重子脸红了。

龙助立刻返身回来，叫上千重子一起去了庭院。

两人坐在池边望着漂亮的彩鲤在水中游弋，沉默了一会儿。

"千重子，你能把你家店里的掌柜——因为是公司了，不知该叫他专务还是常务——教训一下吗？你能做到的，需要我到场也行……"

这是千重子没想到的，让她心里一紧。

从龙村回来的那晚，千重子做了个梦——一群五彩缤纷的彩鲤，往蹲在池边的千重子脚边聚来，鲤鱼层层叠叠，晃动着身子，有的还把头探出水面。

仅是这样一个梦,而且梦境中的情况曾在白天发生过,当时千重子把手伸到水里稍稍拨动,鲤鱼便如此聚来。这让千重子吃惊,并对这群鲤鱼有了一层不可名状的爱意。

一旁的龙助似乎比千重子更为惊讶,说道:

"千重子的手上散发了什么样的香气——什么样的灵气呀?"

千重子为此不好意思,站起身说:

"鲤鱼大概是跟人混熟了。"

龙助却盯着千重子的侧脸发怔。

"东山离这儿很近呀。"千重子避开龙助的目光说。

"是的。你不觉得山的颜色有点不一样吗,已经有了秋色。"龙助答道。

千重子醒后已记不清这个鲤鱼梦中龙助是否在自己的身边了。之后她有好一会儿没能入睡。

第二天,千重子犹疑于是否对掌柜说出龙助那"教训一下"的话。

将近打烊时分,千重子坐在账房前。旧式的账房四周围着低矮的格子门,掌柜植村觉察到千重子的举动有些异常,便问:

"小姐,有事吗?"

"让我看看我的衣料。"

"您的……"植村似乎如释重负,"是要穿咱店的衣料吗?马上就可以穿新年的衣服了,访问服还是长袖和服?哦,小姐您不去冈崎之类的染织店或 Eriman[1] 之类的店买现成的吗?"

"我想看看咱店里的友禅绸,不是过年穿的。"

"好的,那倒是有好几种,我马上把现在有的拿给您看,不知有没有您中意的。"植村起身叫来两个店员耳语一番,三人找出十几匹料子熟练地在店堂中央摊开,排成一溜让千重子看。

"这个就行。"千重子很快选好面料,"能在五天到一周内完成吗,里料就拜托你们决定了。"

植村倒吸一口气,说:

"有点急了,咱们是绸料店,很少做衣服的,不过还是没问题。"

两位店员麻利地卷起了绸料。

"这里写着衣服尺寸。"千重子把纸放在植村的桌上,却没离去,"植村先生,我想见习一下店里的生意,还请多多关照。"

---

[1] Eriman,京都市的和服店。

千重子语气温和，轻轻地低头致意。

"是。"植村表情僵硬。

千重子平静地说：

"我还想看一下账簿，明天也行。"

"账簿？"植村苦笑着说，"小姐要查账吗？"

"查账这样不知天高地厚的事，我是想也不敢想的。只是想看一眼账簿，否则还不知道咱家做什么样的买卖呢。"

"是吗？账簿二字说起来简单，却分为很多种，何况还有专给税务署的呢。"

"咱店有两套账吗？"

"小姐说啥呢。若要做那种造假的事，还得拜托小姐您呢。我们是光明正大的。"

"明天给我看吧，植村先生。"千重子语气干脆，说完就从植村面前走开。

"小姐，小姐您出生前，这店就交给植村我打理了……"植村说道，但见千重子头也不回，便用几乎听不见的声音说，"怎么回事嘛……"

说完轻轻咂了咂舌头："腰疼呀。"

千重子来到在做晚饭的母亲身边，母亲似乎委实吃了一惊。

"千重子，你的话好厉害呀。"

"欸，妈妈这话说重了。"

"年轻人即使看着老实，还是可怕呀，妈妈在这里都发抖了。"

"我也是得了别人的指导。"

"噢？哪一位？"

"真一的哥哥，在龙村时……真一父亲的生意还做得很扎实，因为有两位不错的掌柜。他说如果辞了植村，他那里可以调一人过来，甚至他自己也能过来。"

"是龙助吧？"

"是的。他说反正是要经商，研究生随时也可以不读的……"

"噢？"阿繁看着千重子那张美得光彩照人的面孔，说，"植村可没有辞职的意思哟……"

"他还说，那个种胡枝子的人家附近若有好房子，还是让父亲买下来吧。"

"嗯。"母亲一时无语，然后又说，"那是因为你父亲有点厌世。"

"还说父亲那样就不错……"

"这也是龙助说的？"

"是的。"

"……"

"妈妈，您大概也都看到了，我托植村给那位杉树村的姑娘做一件咱店的和服……"

"好呀，那敢情好，再加件外褂好吗？"

千重子垂下眼帘，泪水浸润着她的眼睛。

"高机"的得名无疑是因为这种手织机较高，而其之所以安装在地面的浅坑里，据说是因为土地的潮气于丝线有益。从前也有人坐在这种高机上，现在则还有把放有重石的篮子吊在织机旁边的。

有的织坊既用这种手织机，同时也用机械织机。

秀男那里仅有三台手织机，兄弟三人都在操作，父亲宗助有时也会上机，所以在小型织坊较多的西阵，日子似乎还过得去。

随着千重子所托的腰带接近完工，秀男的喜悦感也与日俱增。这固然缘于自己全身心投入的工作即将成功，也因为他在织梭的穿行和织机的声响中感觉到了千重子的存在。

不，那不是千重子而是苗子，不是千重子的腰带而是苗子的腰带。但在秀男织作的过程中，千重子与苗子业已成为一体。

父亲宗助站在秀男身旁看了一会儿,说道:

"这腰带真不错,花纹新奇。"

说完又不解地问:"是哪位的?"

"佐田家的,千重子的。"

"图案呢?"

"是千重子的方案。"

"哦,千重子……真的吗?嗯?"父亲屏气静息地看着,又用手指去触摸还在机上的腰带,"秀男,织得真细密,这样挺好。"

"……"

"秀男,我以前告诉过你的,佐田家对咱们有恩。"

"听您说过,爸爸。"

"嗯,说过。"宗助又重复道,"我从一介织工自立门户,好不容易买进一台高机,一半还是靠的借款。我织好一条腰带就送到佐田那里去,只有一条未免寒碜,都是趁着夜晚悄悄去的……"

"……"

"佐田家从来不曾给过难看的脸色。这织机增加到三台,真不容易……"

"……"

"尽管如此,秀男,身份还是不一样呀……"

"我明白,可是您为啥要说这些呢?"

"你好像很喜欢佐田家的千重子……"

"是为这?"秀男说完便又动起先前停下的手脚,继续织作。

完工后,他便立即去苗子所在的杉树村送腰带。

时值午后,北山方向几次出现彩虹。

秀男抱着苗子的腰带一上路便看到了彩虹。虹晕虽宽,颜色却淡,尚未形成到顶的完整弓形。就在秀男驻足遥望的过程中,虹的颜色越发变淡,似将消失。

然而在所乘巴士进入峡谷前,秀男又两度看到了相似的彩虹,三次都没形成弓形到顶的完整的彩虹,总有一种单薄感。虽是常能见到的彩虹,今天的秀男却有点在意。

"嗯,虹是吉兆还是凶兆呢?"

天空中没有阴云。进了峡谷后是否还会有这种淡色的虹出现呢?这在紧贴清泷川岸边的山中是无法得知的。

秀男在北山杉树村一下车,穿着工作服的苗子便用围裙擦着湿手立刻迎了过来。

苗子的工作是用菩提沙(更像是赤褐色的黏土)手工对杉树圆木进行精心擦洗。

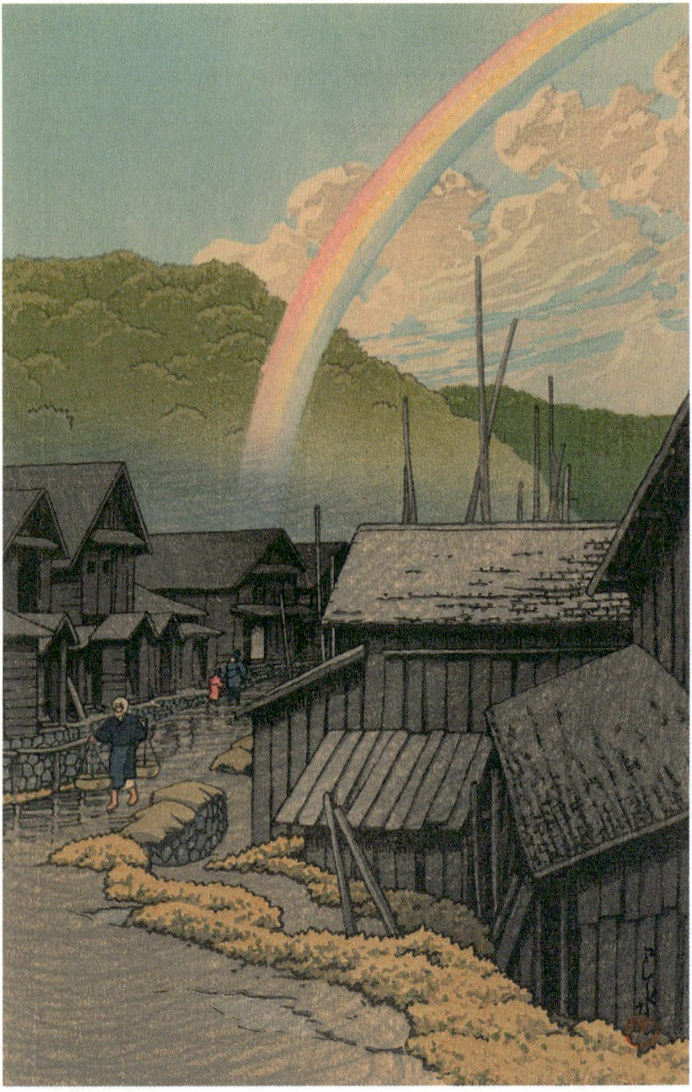

虽还是十月，山中的水应是很冷了，但漂在人工挖出的水沟中的圆木却冒着热气，大概是水沟一端的简易炉灶里流出了热水吧。

"感谢您到这深山里来。"苗子躬身致谢。

"苗子，我把说好的腰带总算织出来了，送来给你。"

"那是千重子替身的腰带，我已不愿再做替身，咱们见个面就够了。"苗子说道。

"这腰带是咱们说好了的，而且是千重子设计的图案。"

苗子低下头说：

"其实，秀男，前天千重子店里已经送给我一套东西，从和服到草屐都齐了。这样的腰带，我何时才能用得上？"

"二十二日的时代祭嘛，出不来吗？"

"不，能出来。"苗子毫不犹豫地说，"现在这里太招眼了。"

略做思忖后苗子说："您能到河边的小石滩来吗？"她毕竟不能像上次跟千重子那样跟秀男一起躲进杉山里去。

"您的腰带我会终身珍藏的。"

"不用，我还会再为你织。"

苗子不吱声。

苗子寄身的这家人自然已经知道千重子赠送和服的事，所以即使把秀男带去这家也没关系。但苗子对于千重子如今的身份以及她店里的情况已大致了解，仅此已偿自幼以来的夙愿，她不愿再因些许小事让千重子另增烦恼。

不过，苗子寄身的村濑家在当地拥有不错的山地产，苗子干活又不惜力，所以即使让千重子家知道苗子的情况也不会有什么麻烦。比起中等水平的绸缎批发商来，拥有杉山产业或许更为殷实一些。

但是对于自己与千重子的频繁来往和感情加深，苗子却持谨慎态度，尤其是因为她觉得千重子的爱已沁入她心中。

于是苗子便把秀男带到了河边的小石滩上。清泷川边的小石滩上凡是可种的地方也都种上了北山杉树。

"这地方实在是委屈您了，还请原谅。"苗子说。毕竟是女孩，只想早点看到腰带。

"杉山真美。"秀男一面抬头望山，一面打开布包，解开包装纸外的纸系绳。

"这里是鼓形结……这一块是想放在前面的……"

"啊呀！"苗子把弄着腰带，"给我真是太可惜了。"她两眼生辉。

"毛头新手织的腰带，谈何可惜。红松和杉树的图案——因为快到新年了,我本只想着在鼓形结上用松树图案,千重子说要有杉树,我到这儿一看总算明白了。一听说杉树,尽管就会想到一棵棵高大的老树,但似乎还是画得纤柔些为好;红松也稍加了些颜色……"

果然,连杉树树干画的也不是本色,在形、色方面都费了心思。

"真是一条好腰带,谢谢了……我这样的人没法用这么高级的腰带呀。"

"跟千重子送的和服配吗?"

"我觉得很配。"

"因为千重子从小就熟悉京都特色的和服衣料……这条腰带还没给她看过,不知她会觉得怎样。我有点不好意思。"

"本来就是千重子的设计嘛……我也要让她看看。"

"时代祭时穿着来吧。"秀男说罢便把腰带折叠起来用包装纸包好。

秀男用纸绳扎好包装纸后说:

"你就别客气了,还是收下吧。这腰带虽是我依约织出来的,但也是应了千重子的托付,你只需将我当作一个普通的织工就行了,尽管我确是用心织的。"

秀男把包着腰带的布包交给苗子，苗子放在膝上，陷入沉默。

"千重子自小就见识各种和服，所以送给你的和服一定会与这腰带相称的，我刚才就是这么说的。"

"……"

两人面前清泷川浅流的水声静而可闻，秀男环顾两岸的杉山说：

"那群立的杉树树干就像工艺品，与我想象的一样，树顶的枝叶也像花一样，那种毫不张扬的花。"

苗子脸上带有忧郁之情——父亲在给树梢打枝时，一定是因弃儿千重子而痛心，于是在树梢间摆荡时失足坠落的吧？当时苗子也跟千重子一样是个婴儿，不会知道任何情况，直到长大之后才从村里人那里听说。

于是苗子对千重子的名字、生死，以及这位孪生儿是自己的姐姐还是妹妹都一无所知。她只盼望能见她一面，哪怕是从旁边看一眼也行。

苗子那简陋得像窝棚一般的家如今也已弃置在杉树村中，因为一个姑娘不能独自住在那里。一对在杉树村打工的中年夫妇和一名上小学的少女长期住在里面，自然是谈不上付房租的，这房子也不值得交房租。

只是那位上小学的少女出奇地爱花，而那房子旁有一株漂亮的金桂，于是她偶尔也会来向"苗子姐姐"讨教打理桂树的事情。

苗子让她不用去管那树，可是从那小屋前经过时，苗子总觉得能比别人在更远处就闻到花香，这反倒让她觉得抑郁。

——苗子的膝盖因承载秀男的腰带而变得沉重，令她思绪万千……

"秀男，既然已经知道千重子的下落，我就打算不再与她来往了。和服和腰带这次我就收下，并珍藏在心……你能理解我吧？"苗子的话出自肺腑。

"是的。"秀男说，"来参加时代祭吧，让我看看你系这腰带的样子，但我就不约千重子了。游行队伍从御所出发，所以我就在西边的蛤御门等你。这样行吗？"

苗子深深地点头，脸上的绯红许久都未褪去。

对岸水边有棵小树，叶子泛红，映在水中的倒影摇曳着。秀男抬眼望去，问道：

"那鲜亮的红叶是什么树呀？"

"漆树。"苗子抬眼回答时用颤抖的手去整理头发，不知何故，黑发散开，一直披落到她的后背。

"啊呀。"

苗子红着脸把头发收拢盘起，用含在嘴里的发夹插进发间，发夹却因散落在地而不够用了。

秀男欣赏着她这姿态和动作。

"你留着长发？"

"是的。千重子也没剪短，但她会梳理，以致你们男人看不出来。"苗子慌忙用布巾罩着头，"不好意思。"

"……"

"我在这里只给杉树化妆，自己从不化妆。"

话虽这么说，她好像还是浅浅地涂了一层口红。秀男希望苗子重新拿掉布巾，让长发垂披在肩给他看。但他不好说出口来，因为苗子用布巾遮头时是那样慌忙。

狭窄的山谷西侧的山壁已开始变得灰暗。

"苗子，该回去了吧？"秀男站起身来。

"今天的活倒是已经干完了……不过天也变短了。"

山谷东边的山顶挺立着一排排杉树，秀男从树干间望着金色的晚霞。

"秀男，谢谢，真的很感谢。"苗子略做了一个收下腰带的姿态，也站了起来。

"要谢就谢千重子吧。"秀男说道。为这位杉山姑娘织造腰带的喜悦在他心中已渐成一股温情："再啰唆一遍，时代祭时不见不散，在御所西门蛤御门。"

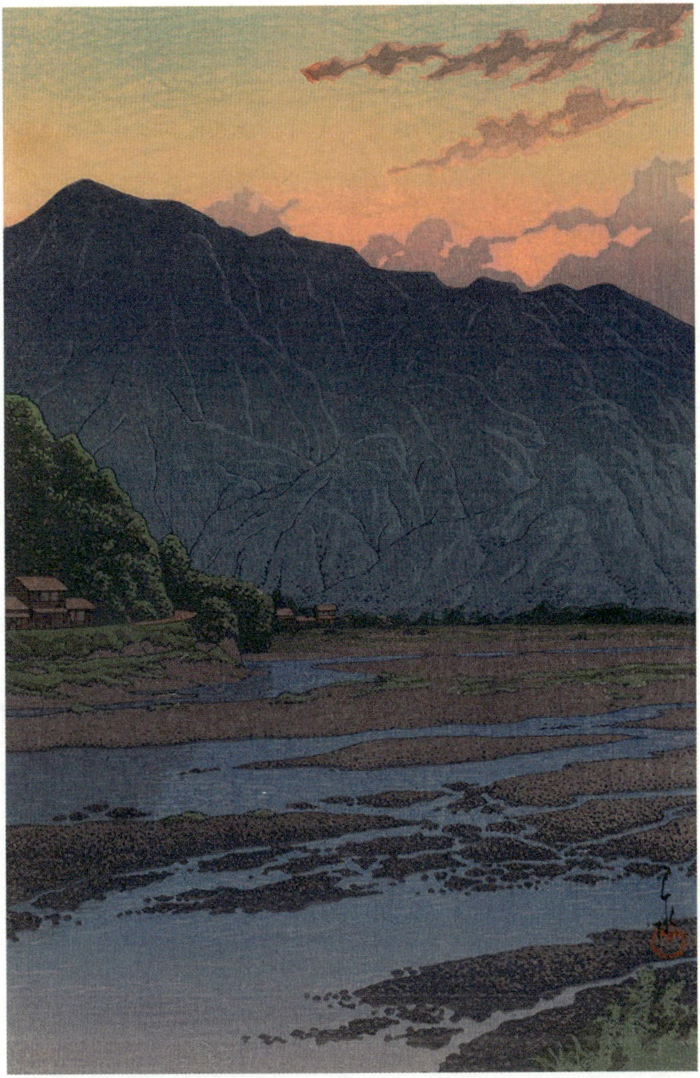

"好的。"苗子深鞠一躬,"穿上从没穿过的和服和腰带,我会不好意思的。"

即使在祭庆繁多的京都,十月二十二日的时代祭也与上贺茂神社、下贺茂神社的葵祭以及祇园祭并称为三大祭庆,虽属平安神宫的祭事,游行却是从京都御所出发。

苗子一大早便心神不定,比约定时间提前半小时在御所西侧的蛤御门的门后等着秀男。她还是初次等待男子。

所幸这天碧空如洗。

平安神宫建于明治二十八年(1895年),时值迁都京都1100周年,所以时代祭在三大祭庆中无疑历史最短。但因是为了纪念建都京都的祭事,所以游行活动意在体现古都千年风俗的变迁,不仅会展现各个时代的种种服饰,还会出现人们耳熟能详的历史人物。

例如和宫[1]、莲月尼[2]、吉野太夫[3]、出云阿国[4]、淀君[5]、

---

1 和宫(1846—1877),孝明天皇之妹,亲子内亲王,下嫁德川家茂。
2 莲月尼(1791—1875),本名大田垣莲月。江户末期女歌人,丈夫和孩子死后出家为尼。
3 吉野太夫,京都名伎的称号。
4 出云阿国(1572—?),被视为歌舞伎创始人的女性。
5 淀君(1567—1615),丰臣秀吉的爱妾,住淀城,故名。本名茶茶。

常盘御前[1]、横笛[2]、巴御前[3]、静御前[4]、小野小町[5]、紫式部[6]、清少纳言[7]。

还有大原女、桂女[8]。

列举的这些女性中夹杂有伎女以及艺人、商贩之类，游行队伍中更多的无疑还是楠正成[9]、织田信长、丰臣秀吉等王朝公卿和武士。

游行队伍很长，宛如京都的风俗绘卷。

女性加入游行队伍，据说始于昭和二十五年（1950年），使祭庆活动更加花团锦簇。

游行队伍的前列是明治维新时期的勤王队和丹波北桑田的山国队，末尾是延历时代文官的参朝队列，回到平安神宫后在凤辇之前诵祝词。

游行队伍从御所出发，所以最好在御所前的广场观

---

1 常盘御前（1138—？），武士源义朝之妾，日本物语文学故事中的绝世美女。
2 横笛，日本古典文学作品《平家物语》中的女性人物。
3 巴御前，生卒年不详，武士源义仲之妾，据传武艺高强，屡立战功，在源义仲死后出家为尼。
4 静御前，生卒年不详，原为舞伎，后随武士源义经为妾。
5 小野小町，生卒年不详，9世纪中叶女歌人，被列为六歌仙、三十六歌仙之一，有绝代佳人之称，常为物语文学或民间传说中的人物。
6 紫式部（约973—约1014），女性文学家，《源氏物语》作者。
7 清少纳言（约966—？），日本平安中期的女随笔作家、歌人，代表作是《枕草子》。
8 桂女，京都桂地区一带贩卖鲜鱼之类的女性商贩。
9 楠正成，即楠木正成（约1294—1336），日本南北朝时代的武将，后战败自杀。

看，秀男就是因此而与苗子约在御所。

苗子在御所门后等着秀男，由于进出的人很多，所以没人注意到她，只有一个中年老板娘模样的女人大模大样地走近她说："小姐，这腰带不错，在哪儿买的？跟身上的衣服也挺搭的……让我看看……"

说着就要去摸："能让我看一下后面的鼓形结吗？"

苗子转过身去。

"哎呀！"女人发出赞叹。

经她这么一看，苗子心里反倒踏实了一些。她毕竟从没穿过这样的和服，没有系过这样的腰带。

"让你久等了吧？"秀男来了。

离游行队伍出发之地御所最近的席位都被讲社[1]和观光协会占了，秀男与苗子站在跟这些席位相连的"拜观席"的后面。

苗子还是初次占到这么好的席位，她出神地看着游行，已不大会念及秀男和身上的新衣。

但她还是突然发现了什么。

"秀男，你在看什么？"

"青松。你瞧，我是在看游行，但松树的翠绿作为背

---

[1] 讲社，参拜神社者的结社。

景，把游行队伍衬得更醒目了。御所那么大的庭院里种的是黑松吧，我太喜欢了。"

"……"

"我也偷眼看你的，你大概没在意。"

"您真是……"苗子低下头去。

深秋里的姐妹

　　京都的祭庆实在是多,比起"大文字"来,千重子更喜欢鞍马的火祭。火祭地点离苗子不甚远,所以苗子也去看过。不过,以前她俩即使在火祭上迎面走过,或许相互也不会在意的。

　　去鞍马山参拜的路上,家家户户之间用树枝隔开,在屋顶上洒水,从半夜开始举着大大小小、各种各样的松明,嘴里喊着号子登山去神社,四处一片火焰之光。一待两架御舆出来,村(现已为町)里的妇女全部出动拉着御舆的绳子,最后献上大松明,整个祭庆活动差不多要持续到天明时分。

　　然而今年这个有名的火祭活动被取消了,据说是为了俭约。伐竹祭虽仍照常举行,火祭却不搞了。

　　为北野天神举行的"芋茎祭"[1]今年也没有了。据说

---

1 芋茎祭,京都北野神社的祭祀活动,用芋芳茎铺在游行的御舆的顶上。

是因为芋头歉收，没有芋茎可供铺饰御舆。

京都还有不少节庆活动，诸如鹿谷安乐寺的"南瓜供"[1]、莲花寺的"黄瓜封"[2]，不仅可以展现京都风貌，似乎还可窥得京都人的一个侧面。

近年来得以恢复的活动有在岚山河中龙船上举行的"极乐鸟"歌舞，在上贺茂神社庭院小溪边举行的曲水之宴等，无不属于昔日王朝贵族的风流娱乐。

曲水之宴中，有人穿着古时服装坐在溪边等着酒盅随水漂来，边等边吟歌、绘画、写字，然后取起漂到自己面前的酒盅一饮而尽，再让酒盅漂走，一旁还有书僮伺候。

去年开始的曲水之宴，千重子曾去看过，歌人吉井勇[3]居于王朝公卿之列的最前面，这位吉井勇如今已经作古。

也许因为是新近恢复的活动，人们似乎还不熟悉。

岚山的"极乐鸟"歌舞，千重子今年也不曾去看，觉得毕竟少了一些日本传统的"物寂"之趣。而在京都，

---

1 南瓜供，冬至前后在寺庙供奉南瓜并食用南瓜，祈求一年中不会中风。
2 黄瓜封，一种祈愿把病灾封进黄瓜的法事活动。把病人姓名、年龄、病名等信息写在黄瓜上，在寺庙祈祷后将黄瓜带回家，3天内遇病痛时用黄瓜擦拭患处，第4天把黄瓜埋在不会被人踩踏的清净之地，据说可将病灾带走。
3 吉井勇（1886—1960），京都和歌歌人兼剧作家，有伯爵爵位。

富有传统色彩的活动多得令人目不暇接。

也许是因为在终日操劳的母亲阿繁的教育下长大，又或许千重子自己天性如此，她每天一早起来便认真擦拭格子门等各处。

"千重子，时代祭那天你俩好开心呀。"早饭后千重子刚收拾好碗盏，真一便来了电话，看来他也把千重子和苗子弄混了。

"你也去了？该打个招呼的……"千重子不好意思地耸了耸肩。

"我也是这么想的，却被哥哥阻止了。"真一无拘无束地说。

千重子不知该不该告诉他认错人了，但从真一的电话可以想到，苗子穿着千重子送的和服，系着秀男织的腰带去时代祭了。

跟苗子在一起的肯定是秀男。千重子一开始没想到这点，但随即便心中一暖，脸上浮起笑容。

"千重子，千重子……"真一在电话里叫道，"干吗不作声？"

"你是真一吧？"

"是呀，是呀。"真一笑出声来，"掌柜在吗？"

"不在，还没……"

"你是不是感冒了？"

"听出感冒的声音了吗？我刚才在外面擦格子门来着。"

"是吗？"真一好像在那头摇了摇话筒。

这下轮到千重子笑了，笑得很开朗。

真一压低声音说：

"这电话是代哥哥拨的，我马上让他来接……"

对着哥哥龙助，千重子无法像对真一那样随便说话。

"千重子，试探过掌柜了吗？"龙助劈头便问。

"是的。"

"真棒！"龙助的声音激动，随即又重复一句，"太棒了！"

"母亲也听见了，好像为我捏了一把汗呢。"

"是吗？"

"我说想要了解和学习一点自家的买卖，所以请他让我把账簿都看一下。"

"嗯，这就挺好。尽管只是说一下，也就完全不一样了。"

"我还让他把保险柜里的存折、股票、债券之类的东西全拿出来了。"

"挺好。千重子，真棒。"龙助十分感慨地说，"你本是一个温顺的姑娘,却能……"

"我是受你指教……"

"我这也是因为听到附近的批发商有了种种不正常的议论。我还打定主意,如果你不便说,就由我父亲或我自己去你家说,不过最好还是小姐你出面了。掌柜的态度有变化了吧?"

"是的,总算……"

"是吧……"龙助在电话中沉默良久后说,"挺好的!"

千重子感觉电话那头的龙助好像还在犹豫着什么。

"千重子,今天下午我想去府上拜访,不知是否方便,真一也一起去……"

"哪有什么不方便的,我又不会有什么了不得的事情。"千重子回答。

"因为你是年轻小姐呀。"

"瞧你说的……"

"你看如何……"龙助笑了起来,"我想趁掌柜还在店里时过去稍微观察一下,你不必有任何顾虑,我会见机行事的。"

"啊?"千重子无言以对。

龙助家的店是室町一带的大批发店,在业内颇有实力。他虽在读研究生，却自然地肩负着店里的一份责任。

"到吃甲鱼的季节了，我在北野的大市[1]订了座席，请你赏光。以我的身份，是没有资格连你父母一起请的，所以只请你一人了……我会把童男带上。"

千重子被其气势所慑，只能应了一声"好的"。

真一作为童男乘坐祇园祭的彩车已是十多年前的事，但哥哥龙助至今还会半开玩笑地叫他"童男"，不过这或许也是因为他如今还留着童男那种可爱与和善。

千重子告诉母亲道：

"下午龙助和真一要来我们家，刚才来电话说的。"

"噢？"母亲阿繁似乎有点意外。

千重子午后上后屋二楼细心地化了妆，尽量化得不太醒目，还认真地梳理长发，却总是理不成满意的发型，准备穿出去的衣服也是选来选去，反而定不下来。

总算下得楼来，父亲不在，不知去哪里了。

千重子在后屋的客厅里备好炭火后环顾四周，然后看着小庭院。大枫树上的苔藓依然碧绿，而寄生于树干的两株紫花地丁叶子已经泛黄。

基督灯笼的下方，一株小山茶树开着红花，颜色艳红

---

[1] 大市，京都市的一家甲鱼料理店，具有300多年的历史。

艳红的，比红玫瑰更能沁入千重子的心脾。

龙助和真一一到便谦恭地与千重子母亲寒暄，然后龙助一人端坐在账房的掌柜面前。

掌柜植村慌忙出了账房的格子门，殷勤地与龙助招呼，久久地说着寒暄话。龙助虽也应答，却始终绷着脸，植村自然也能看出他的冷淡。

植村对这毛头学生虽一肚子的不服气，却又在龙助的高压下无可奈何。

龙助等植村的寒暄告一段落后便态度沉稳地说：

"贵店生意兴隆，蛮好。"

"是，谢谢，托您的福。"

"父亲他们说佐田先生亏得有您在，有多年的经验，了不起……"

"您谬赞了，咱店不能和水木先生家那样的大店相比，不值一提的。"

"哪里哪里，我家的店也就是手伸得长一点罢了，绸缎批发和其他什么生意都做，成杂货铺了。我是不大喜欢这样的。如今有植村先生这样踏踏实实、认认真真做事的掌柜的店可是越来越少啰。"

没等植村回答，龙助便起身朝千重子和真一所在的后屋客厅走去。望着他的背影，植村一副苦相，他清楚地知道要看账簿的千重子与眼前这龙助之间有着内在的关系。

龙助来到后屋客厅,千重子带着疑问抬头看着他的脸。

"千重子,掌柜那里我稍微敲打了一下。我劝告过你,我有责任。"

"……"

千重子低着头为龙助沏茶。

"哥,你看枫树树干上的紫花地丁。"真一指给龙助看,"有两株,千重子几年前就开始把那两株紫花地丁看作一对可爱的恋人……相距咫尺却又永远无法相聚……"

"嗯。"

"女孩子的想法总是可爱的。"

"别,别……羞死了。真一……"

千重子把沏好的茶递到龙助面前,手在微微颤抖。

三人乘龙助店里的车去北野六番町的"大市"甲鱼料理店。大市是一家老店,门面颇有古风,广为游客所知,房间也较古朴,天花板低矮。

他们点了甲鱼砂锅,外加杂炊[1]。

千重子通身发热,好似有了醉意。

---

[1] 杂炊,将米饭放入包含蔬菜、肉类等的高汤或火锅内炖煮的料理。

粉色一直延至千重子的脖颈，令肌肤本就白皙细嫩、光滑亮腻的颈项愈加美艳。她眼含秋水，不时地抚弄自己的脸颊。

她滴酒未沾，但砂锅底料中一半是酒。

车子等在门口，千重子还是担心自己脚下打晃，但她十分兴奋，话也多了。

"真一……"千重子找较好说话的弟弟搭话，"时代祭那天，你在御所庭院见到的那个人不是我。你认错人了，眼神不好了吧？"

"别再瞒我了吧。"真一笑了。

"没啥要瞒你的。"千重子犹豫了一下，"其实那姑娘是我的姐妹。"

"咦？"真一一副诧异状。千重子在赏花时节的清水寺里曾对真一说过自己是弃儿的事，这话自然应该已被其兄龙助所知。即便真一没对哥哥说过，因为两家靠得很近，也可以想见这事是会传到龙助耳中的。

"真一在御所庭院见到的……"千重子踌躇片刻又说，"我是孪生儿，那姑娘是双胞胎中的另一位。"

这话真一也是初次听说。

"……"

三人沉默少顷。

"我是被丢弃的。"

"……"

"这事若是真的，扔在咱家店门口该有多好呀……真的，扔在咱家店门口该有多好呀。"龙助诚心实意地重复道。

"哥哥。"真一笑了，"那是刚生下来的婴儿，跟现在的千重子可不是一回事哟。"

"婴儿不也挺好吗？"龙助说。

"那是你看到如今的千重子才这么说的。"

"不对。"

"你看到的是如今的千重子，是佐田家百般呵护疼爱养大的千重子。"真一说，"那时你也就是个小毛孩，能抚养婴儿吗？"

"能。"龙助语气坚定。

"哼，哥哥总是那么自信，那么要强。"

"也许是的，但我还是希望抚养婴儿时的千重子，咱妈一定会帮忙的。"

千重子身上的酒劲退去，额头渐渐变白。

秋天的北野舞蹈节持续了半个月，结束的前一天，佐田太吉郎独自去看了。茶屋给的入场券当然不会只有一张，但他无意邀人同去。看完舞蹈回来的路上，成群结伙地去茶屋狎游，这对他来说已成一件麻烦事。

舞蹈开始前，太吉郎无精打采地走上茶席，今日当班坐在那里负责点茶的艺伎，也没有他所熟悉的。

他旁边并排站着七八个少女，像是帮忙端茶递水的，穿着同样的粉色长袖和服。

只有正中央的一位穿着绿色长袖和服。

太吉郎差点叫出声来。她虽经浓妆艳抹，但不就是那位花柳街老板娘带着，跟太吉郎一起乘坐"叮叮电车"的少女吗？独自身穿绿衣，也许正是什么领班之类。

这位绿衣少女把茶端到太吉郎面前，自然是依着规矩，一脸严肃，不苟言笑。

但是太吉郎的心情却似乎轻松起来。

表演的舞蹈是八场舞剧《虞美人草图绘》，讲述人们耳熟能详的中国的项羽和虞姬的悲剧故事。但虞姬以剑刺胸，在项羽怀中听着思乡的楚歌死去，项羽也战死之后，下一场的背景移至日本，变成了熊谷直实[1]、平敦盛[2]和玉织姬的故事。熊谷杀了敦盛之后，感于世事的无常而出家。他在凭吊旧战场时，敦盛的墓旁开满了虞美人草，耳边传

---

1 熊谷直实（1141—1208），镰仓初期武将，后出家，自称莲生和尚。
2 平敦盛（1169—1184），平安末期武将。

来笛声。此时敦盛显灵,拜托熊谷把青叶之笛收入寺中;玉织姬则显灵要求将其冢侧虞美人草的红花供于佛前。

这出舞剧之后,还有一出场面热闹的新编舞蹈《北野风流》。

上七轩的舞蹈属于花柳流,不同于祇园的井上流。

太吉郎出了北野会馆后,顺路进了那家老茶屋。老板娘见他独自呆坐,便过来问:

"要招哪位姑娘吗?"

"嗯,那位咬人舌头的艺伎——还有,那个穿绿衣的端茶姑娘呢?"

"叮叮电车那位……如果只是聊聊天,应该没问题。"

在等那姑娘时,太吉郎先喝了几杯,待姑娘出来后,他故意起身往外走,姑娘便跟在身后。他问道:

"现在还咬人吗?"

"您可记得真清楚。没事,您伸出来试试。"

"我怕。"

"真的没事。"

太吉郎试着伸出舌头,被吸进了一片温香软玉之中。

太吉郎轻拍女孩后背说:

"你堕落了。"

"这是堕落吗?"

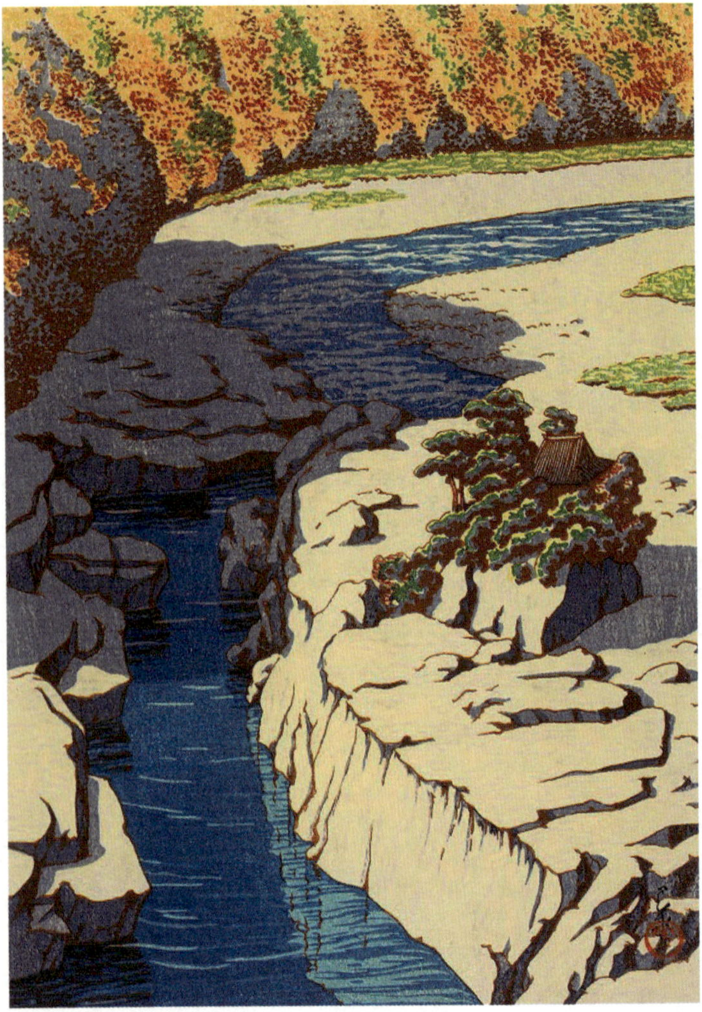

太吉郎想要漱口清嘴，却又无奈于艺伎站在身旁。

艺伎的恶作剧未免出格，但于她来说，应属临时起意，并无特别的意思。太吉郎对这年轻的艺伎并不讨厌，也不觉得她不干净。

太吉郎欲回客厅，艺伎抓住他说：

"等一下。"

说着就拿出手绢去擦太吉郎的嘴唇，手绢上便有了口红印。艺伎凑近太吉郎一边看他的脸，一边说道：

"好了，这下没问题了。"

"多谢。"太吉郎轻轻把手搁上她的双肩。

艺伎留在卫生间的镜前为自己的嘴唇补妆。

太吉郎回到客厅，没有人在。酒已有点冷了，他饮了三两杯，权作漱口。

尽管如此，总觉有哪里沾留着艺伎的香气，或者她香水的味道。太吉郎隐隐地有了一种回春的感觉。

即便对艺伎的淘气之举猝不及防，他还是觉得自己的态度是不是过于冷淡了。也许是因为很久没跟女孩子嬉闹了吧。

这二十来岁的艺伎或许是个有情趣的女人。

老板娘领着一个少女进来，女孩仍穿着那件绿色和服。

"按您的意思带她来了，说好就打个招呼的。您也看到了，毕竟年纪还小。"老板娘说。

太吉郎看着少女问："刚才端茶的……"

"是的。"到底是茶屋的姑娘，毫无羞怯之状，"我认出您就是那位大爷，于是给您端茶的。"

"哦，那就多谢了。还记得我吗？"

"记得。"

艺伎也回屋来了，老板娘对她说：

"佐田先生对这小姑娘特别中意。"

"哦？"艺伎看着太吉郎的脸说，"真有眼光，不过也得再等三年哟，而且她明年春天就要去先斗町了。"

"先斗町？为什么？"

"因为想当舞娘，说是向往舞娘的形象。"

"嗯？要当舞娘，祇园不也挺好吗？"

"因为她姨妈在先斗町。"

太吉郎望着少女，觉得她无论去哪里都能成为一流舞娘。

西阵的和服衣料织造工会断然做出了一个前所未有的决定：在十一月十二日至十九日这八天中，停止所有织机的工作。其中十二日和十九日这两天是周日，所以实际停工六天。

其中缘由很多，简言之无疑就是经济上的原因，亦即生产过剩。库存已达三十万匹，需要设法解决积压，改善营销，而且近来银根严重紧缩，这也是原因之一。

从去年秋天到今年春天，经销西阵和服衣料的商社陆续发生倒闭。

据说八天的停机导致大致减产八九万匹，但后果是好的，从这点来看，首先似乎可说成功了。

在西阵的织机街区，尤其是小巷中，一看便可知道，以小规模家庭操作为主的织坊都很好地响应了此次停工限令。

这些织坊是一排排匍匐在地面的小房子，瓦顶破旧，屋檐宽深，即使有两层楼，楼层也很低矮。那些甬道似的小巷更是杂乱，连织机声也让人觉得发自晦暗之处，其中有些织机应非自家所有，而是租用的。

然而提出"免于停机"申请的织坊，据说只有三十余家。

秀男家所织并非和服衣料而是腰带，三台高机，白天无疑也需开灯，但安放织机之处光线还算不错，里间还有空地，不过厨房用具简单粗陋，甚至令人怀疑这家人到底在哪里休息睡觉。

秀男性格倔强，天生手巧，并具有与这些秉性相应的热情，但常年坐在高机的窄板上，屁股上或许已长出老茧。

约苗子去看时代祭时，比起展示各朝各代服装的游行队伍，更为吸引秀男的是作为队伍背景的御所的青松。这也许是由于他借此从平日的生活中解脱出来了，但即便居于狭窄的山谷间，劳作于山上的苗子对于此情此景是没有什么感觉的。

不过，自从苗子系着秀男织的腰带参加时代祭之后，秀男干起活来更有劲头了。

千重子自跟龙助、真一兄弟去过大市，虽说不上愁绪万端，心中有时却也空空落落，一待自己有所意识时，觉得似乎还是缘于烦恼在心。

京都已经结束了十二月十三日的"事始"节，这里冬天的天气一贯多变，出着太阳时也会下起阵雨，有时还会夹雪，时阴时晴。

十二月十三日是"事始"节，依京都的习俗，从这天开始，除了进行各种过年的准备，岁暮的各种赠答应酬也开始了。

恪守这些老规矩的，还数祇园之类的花街柳巷。

艺伎、舞娘之类为了感谢平时关照自己的茶屋、歌舞音乐师傅和同行老大姐，遣派男众[1]拎着镜饼[2]去各家分发。

然后舞娘们再去四处拜谢，说些恭喜之类的话，意思是今年平平安安度过，还望明年多多提携。

这天，艺伎、舞娘都比平日更加花枝招展，她们的你来我往，把提前进入岁暮的祇园一带点缀得花团锦簇。

千重子家的店里却没有这种繁花似锦。

早饭后，千重子一人上了后屋二楼，本想稍稍化个晨妆，却在不知不觉间停下手来。

龙助在北野甲鱼料理店时一番激情四射的话语在千重子心中回荡。他希望婴儿千重子当年能被丢弃在他家门口，这番话语的分量还不够重吗？

龙助的弟弟真一与千重子青梅竹马，一直同学到高中。他性格和善，千重子也知道他喜欢自己，但他从未像龙助那样说出让千重子喘不过气来的话语，两人只是不拘形迹的玩伴。

千重子仔细梳好长发，让它披在身后，然后下楼。

快要吃完早饭时，北山杉树村的苗子来了电话。

"是小姐吗？"苗子确认了一下，"我想见你，有事情要问。"

---

1 男众，为女性艺人、艺伎服务的男性侍者。
2 镜饼，圆饼形的大年糕。

"苗子，想你呢……明天如何？"

"我哪天都行。"

"来店里吧。"

"就别去店里了吧。"

"苗子的事，我已对妈妈说了，爸爸也知道了，所以……"

"给店员看到不好吧。"

"……"千重子沉吟片刻后说，"那就我去苗子的村子吧。"

"我太高兴了，不过这里挺冷的哟……"

"我也想看杉树了。"

"是吗？除了冷，可能还会有阵雨，你来时可得做好准备哟，不过篝火倒是可以任意点的。我会在路边干活，能容易看到你。"苗子快活地答道。

冬之花

千重子穿上从未穿过的长裤和厚毛衣,脚下还有一双漂亮的厚袜子。

父亲太吉郎在家,千重子便坐在他面前跟他告辞,太吉郎瞪眼看着她这副异常的装扮。

"去爬山吗?"

"是的……北山杉树村的姑娘想跟我见面,像是有话要对我说……"

"是吗?"太吉郎毫不犹豫地叫了一声,"千重子……"

"欸。"

"那姑娘若有什么困苦或难处,你就把她带来,咱们收养她。"

千重子低下了头。

"好呀,有了两个女儿,我和你妈妈都不会寂寞了。"

"爸爸,谢谢。爸爸,谢谢。"千重子俯下身去,一行热泪濡湿了大腿。

"千重子从吃奶起就由我们抚养,被我们视作掌上明珠,但我们对那姑娘也会尽力一视同仁。她像千重子,一定也是个好闺女。带来咱家吧,二十年前人们还都厌弃双胞胎,如今已没任何问题了。"父亲说道,接着又叫妻子,"阿繁,阿繁!"

"爸爸,千重子衷心地感谢您,但那姑娘——苗子——绝不会来咱家的。"千重子说。

"这又是为啥呢?"

"大概是不愿对我的幸福造成任何一丁点影响吧。"

"怎么会影响呢?"

"……"

"怎么会影响呢?"父亲重复道,一副百思不得其解的样子。

"今天我对她说父母亲都知道了,请她来咱店里,"千重子带了点哭腔,"但她忌惮店员和邻居……"

"店员算啥!"太吉郎不禁大声叫道。

"爸爸的话我都明白了,不过今天还是先让我去一趟吧。"

"也好。"父亲点头,"路上小心……然后,你可要把爸爸刚才的话带给那位苗子姑娘。"

"是。"

千重子穿上雨衣，戴上风帽，套上雨鞋。

中京早晨还是一片晴空，但不知什么时候就阴了下来，北山或许正在下雨，在城里就能看出这样的天色。若是没有京都一群秀气的小山阻隔，大概就能显出雪前的模样了。

千重子乘上国铁公司的巴士。

有两路巴士通往北山杉树村所在的中川北山町，分别属于国铁和市营，市营巴士开到大京都市北郊的山口回头，国铁巴士一直开到更远的福井县的小滨。

小滨在小滨湾的岸边，再往前从若峡湾伸向日本海。

也许因为是冬天，巴士上乘客不多。

一个有人跟着的年轻男子紧盯着千重子看，她有点发怵，便罩上了风帽。

"小姐，拜托，别用那东西藏起来。"那男子用年轻人少有的沙哑声说。

"喂，不许说话！"旁边的男人说。

那个对千重子提要求的男人戴着手铐，不知是什么罪犯；边上的男人应该是刑警，大概是要越过后山把犯人押送到什么地方去吧。

千重子没理由摘下风帽让他们看到自己的面孔。

车子来到高雄。

"这是高雄的啥地方？"有乘客这样问，其实也不至于如此难以辨识。枫叶业已落尽，冬意已出现在树梢细枝。

栂尾山下的停车场上也不见车辆。

苗子穿着工作服来到菩提瀑布巴士站等着千重子。

千重子的这身装扮让苗子一时没认出她，但苗子随即就说：

"小姐，谢谢你来，真的感谢你来到这深山之中。"

"也算不得什么深山。"千重子没来得及摘手套就握住了苗子的双手，"我真高兴。夏天之后就没见过你了，在杉林那次多谢你了。"

"那不值一提。"苗子说，"不过，当时咱俩万一遭雷击中，那可如何是好。但我还是很开心……"

"苗子，"千重子边走边说，"你该是在无可奈何的情况下才打电话给我的吧？你得先告诉我，否则咱俩就沉不下心来聊天了。"

"……"苗子一身工作服，头上罩着手巾。

"怎么回事呀？"千重子叮问。

"其实就是秀男向我求婚了，于是……"苗子好像跟跄了一下，抓住了千重子。

千重子抱住了脚下打晃的苗子。

每天干活的苗子身体非常结实，不过夏天打雷的那次，千重子因为恐惧，并没发现这点。

苗子立刻站稳了身子，但似乎非常享受被千重子拥抱的感觉。她没说声"没事了"，反倒是紧倚着千重子走了起来。

抱着苗子的千重子此时也与苗子挨得更紧，但两个姑娘都没有意识到这些。

戴着风帽的千重子说：

"苗子，那你怎么回答秀男的？"

"回答……我怎么能当即就回答他呢？"

"……"

"他当初是把我错认为千重子——现在虽已不是错认，但秀男的心底应该还是深藏着千重子吧？"

"不会的。"

"不，我很明白，即便已不再是错认，我仍是作为千重子的替身与他结婚，秀男该是从我身上感觉到了千重子的幻影。这是其一……"苗子说。

千重子想起，春天郁金香盛开时从植物园回家的路上，父亲曾在加茂川的河堤上因提及让秀男给千重子做女婿的事而遭母亲斥责。

"其二，秀男家是织腰带的吧？"苗子加强了语气，"若是因此而使我与千重子的店里发生瓜葛，给千重子带来麻烦，招来周围莫名其妙的目光，那我是死也无法抵过的了。我真想躲到更远更远的深山里去……"

"你怎么会这么想呢？"千重子摇着苗子的肩，"今天我来你这里，也是跟父亲说好了的，母亲也知道。"

"……"

"你知道我父亲是怎么说的吗？"千重子更加使劲地摇晃着苗子的肩膀，"父亲说，那个叫苗子的姑娘若是有什么困苦或难处，就把她带来咱家……我虽已作为父亲的嫡女入籍，但咱家会尽其所能地对你一视同仁。我一个人多寂寞呀。"

"……"苗子取下了头上的手巾，"谢谢。"

她用手巾掩着脸。

"我打心底谢谢你。"苗子沉默了片刻后又说，"我呀，你瞧，没有亲人，没有真正可以依靠的人，我只能拼命干活，忘记自己的孤寂……"

为了抚平她的情绪，千重子说：

"重要的是：秀男的事情怎么说呢……"

"我没法对这种事情立刻做出答复。"苗子带着泪声看着千重子。

"把这借给我一下。"千重子用苗子的手巾擦拭她的眼眶和面孔,"就带着这样一张哭脸去村里吗……"

"没关系的。我性格好强,干活一个顶俩,可就是爱哭。"

千重子给苗子擦了脸,苗子把脸贴到她胸前,反倒抽泣得更厉害了。

"这让我怎么办呢?苗子,是难过了吗?别哭了。"千重子轻拍苗子后背,"再这样哭,我可就要回去了。"

"别,别走。"苗子一惊,从千重子手里拿过自己的日式手巾使劲擦自己的脸。

因为是冬天,看不出哭过的样子,只是白眼珠有一点微红。苗子用手巾严严实实地包住自己的头。

两人默不作声地走了一段。

北山杉树连树梢也被修整过了,在千重子眼中,枝头那一星半点的残叶,就像冬天中素朴的绿色花朵。

千重子觉得是时候了,便对苗子说:

"秀男自己能画不错的腰带图案,织工手艺好,人也踏实。"

"是的，我都知道。"苗子答道，"约我去看时代祭时，比起那展示古装的游行队伍，他更关注的是队伍背后御所的青松以及东山色彩的变化。"

"对他来说，时代祭的游行并不稀罕……"

"不，好像并非如此。"苗子的语气强烈。

"……"

"游行队伍通过后，他一定要我去家里。"

"家里？秀男家吗？"

"是的。"

千重子有点惊讶。

"他有两个弟弟。他带我去了后面的空地，并说如果我们在一起，就在空地上盖一间小屋，自己喜欢什么就织什么。"

"不挺好吗？"

"挺好？秀男是把我当作千重子的幻影而想跟我结婚，我作为一个女孩，对此一清二楚。"苗子又重复说。

千重子边走边在思忖，不知如何回答是好。

在狭谷旁的另一条小山谷里，一群清洗杉树圆木的女人围坐在一起休息，烤着篝火为手脚取暖。

苗子来到自己的家门口。与其说是家，其实就是间草屋。年久失修的稻草屋顶业已倾颓，高低不平，只因建在山上，所以好歹有个院子。七八株高大的南天竹恣意伸展，挂着红色的籽实，躯干相互交缠在一起。

但这寒碜的小屋，曾也可能就是千重子的家。

从屋旁走过时，苗子的泪花已干。她不知是否该对千重子说这就是她家。千重子生于母亲的娘家，也许根本不曾住过这屋。至于苗子，也在襁褓中时便先后失去父母，以致不能清楚记起自己是否住过此屋，哪怕住过短暂的时间。

所幸千重子对这样的屋子根本没瞧一眼，只顾一面仰望杉山，注视杉树圆木，一面径直而过，于是苗子便不用提及自己的小屋了。

笔直树干的枝梢上残留的些许圆形杉叶被千重子看作"冬之花"，它们还真的是冬日的花朵。

多数人家都在檐下和二楼成排地晾晒着已经剥皮洗净的杉树圆木。这些白色圆木整齐地竖立着，连树根都打理得清清爽爽，仅此已构成一道美景，也许胜过任何式样的墙壁。

山上的杉树也是一样，树根处的杂草已经枯萎，挺立的树干全都一般粗细，又成一道美景。树干稍带斑点，由它们之间的间隙可以窥见天空。

"还是冬天美丽吧……"千重子说。

"是吗?我已见惯,没啥感觉了。不过冬天杉树的树叶带点淡淡的芒草色,你说是吗?"

"这就像花了。"

"花……花?"苗子抬头望山,有点意外的样子。

走了一会儿,看到一处古雅的房子,似是此地大地主的家。矮墙的下半部贴着漆成赭色的木板,上半部是白壁,屋檐由瓦铺就。

千重子停下脚步。

"这房子真好!"

"小姐,我就寄住在这家。进去看看好吗?"

"……"

"没关系的,我已在这里住了近十年。"苗子说。

秀男之所以想跟苗子结婚,与其说是把苗子当作千重子的替身,更可能的是当成了千重子的幻影——这话千重子已听苗子说了两三遍。

所谓"替身",固然可以理解,但"幻影"到底又是什么呢——尤其是作为结婚的对象。

"苗子,你总说幻影、幻影的,可是幻影到底是什么呢?"千重子的语气很严肃。

"……"

"幻影是看不见、摸不着的吧……"千重子继续说,脸上却不禁飞起红晕。她想到这个苗子跟自己不仅脸像,也许所有地方都像,却要归男人所有了。

"也许如你所说,但无形的幻影可能是这样的吧……"苗子答道,"幻影也许会出现在男人的心中、胸中,甚至出现在更多的地方。"

"……"

"即使苗子成了六十岁的老太太,千重子的幻影大概仍如今天一样年轻吧。"

这话出乎千重子意料。

"你连这都想到了?"

"美丽的幻影是永远不会令人生厌的。"

"那可不一定。"千重子好不容易才憋出这么一句。

"幻影是踢不倒、踩不翻的,除非它自己跌倒。"

"哦?"千重子觉得苗子有着妒意,"幻影真是那样的吗?"

"它就在这里……"苗子攥住千重子的胸襟摇晃。

"我不是幻影。我跟苗子是孪生姐妹。"

"……"

"若照你所说,难不成你是跟我的幽灵在做姐妹?"

"不，我是跟眼前的千重子做姐妹，唯对秀男来说却又另当别论……"

"你想多了。"说到这里，千重子微微低下头去，走了一段后又说，"哪天我们三人在一起好好谈谈，把话说透，好吗？"

"谈谈——真心话有时可说，有时却也未必……"

"你的疑心这么重？"

"说不上疑心，但我毕竟也有一颗姑娘的心……"

"……"

"好像有阵雨从周山朝北山来了，山上的杉树也……"千重子抬眼看天。

"赶紧回去吧，好像是雨夹雪。"

"我就想到了万一会下，穿了防雨的装束来的。"

千重子脱下一只手套给苗子看。

"这手不像小姐的吧？"

苗子一愣，便用自己的双手握住千重子的那只手。

阵雨好像是在千重子不知不觉间来的，或许连平时住在这个村里的苗子都没察觉，既非小雨，也不像蒙蒙细雨。

千重子依苗子所说抬头去看，四周的山都雾蒙蒙的，

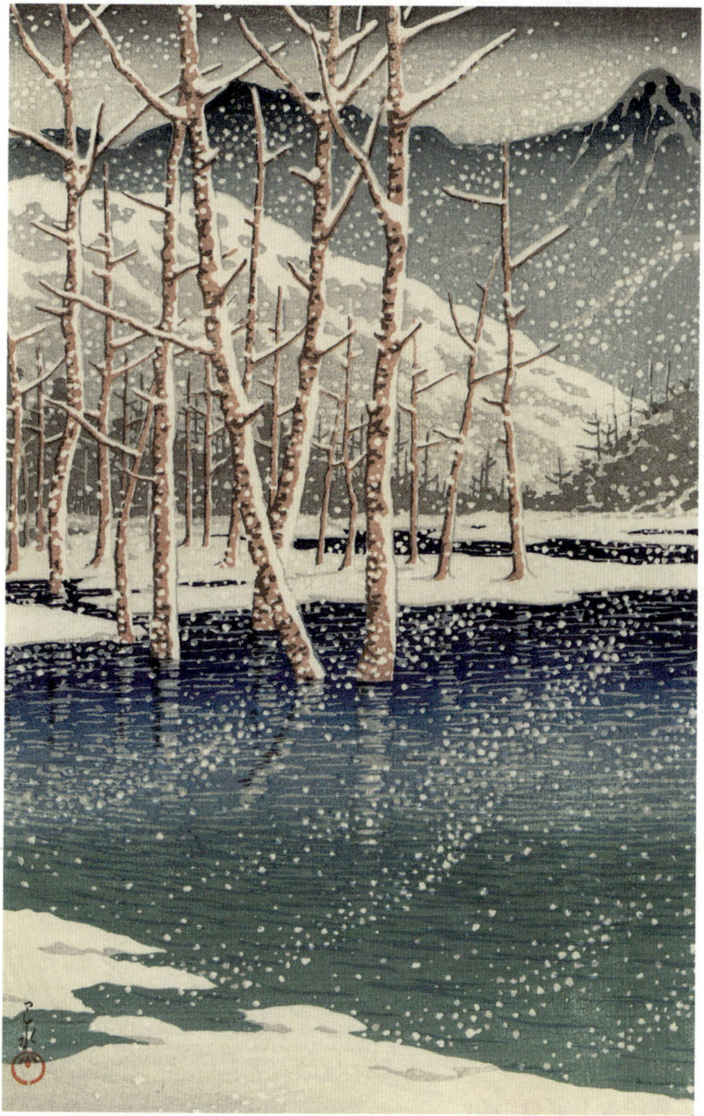

一片寒意，而山麓的杉树林反倒清晰可见了。

少顷间，一众小山为烟霭笼罩，相互之间渐渐失去界线。从天色便可看出与春雾的区别，此时的雾霭似乎更具京都特色。

再看脚下，地面已经微湿。

众山很快就被一层浅灰色包裹，像是渐入烟霭之中。

片刻之后，这烟霭朝山谷飘下来，带着少许白色的东西，形成了雨夹雪。

"赶紧回去吧！"苗子对千重子说这话时，已经看到了这白色的东西。这不能算是雪，而是雨夹雪，但其中白色的东西时隐时现。

谷间天暗得早，而且气温骤然下降。

千重子也是京都姑娘，对于北山阵雨并不陌生。

"趁你还没变成冰冷的幻影……"苗子说。

"又说幻影了……"千重子笑了，"我带了雨具来的……冬季的京都天气多变，雨还会停的吧？"

苗子抬头看天，说了一声"今天还是回去吧"，便紧紧握住千重子脱下手套让她看的那只手。

"苗子，你真的考虑过结婚吗？"千重子说。

"偶尔会……"苗子回答，然后带着深深的爱意给千重子戴上那只手套。

这时千重子说：

"到咱店来一次吧。"

"……"

"来吧。"

"……"

"等店员下班以后。"

"夜里吗？"苗子惊讶地问。

"住在咱家。爸妈都完全知道苗子的事。"

苗子的眼中露出喜悦，却仍在犹豫。

"我想起码要跟苗子一起睡一晚。"

苗子在路边转过身去，不让千重子发现自己已经潸然泪下。千重子对此不会不知。

千重子回到室町店里后，附近的街镇天色已是一片阴沉。

"千重子回来得正好，马上就要下雨了。"母亲阿繁说，"父亲在后屋等你呢。"

父亲太吉郎没等听完千重子跟他招呼，便直截了当地问：

"怎么样？千重子，那姑娘怎么说？"

"啊……"千重子不知如何回答是好，难以三言两语地把事情交代清楚。

"怎么样了?"父亲又问。

"嗯……"

千重子自己对苗子的话也似懂非懂——秀男其实是想跟千重子结婚,因不能如愿而死心,于是表示要跟与千重子酷似的苗子结婚。苗子以姑娘的敏感而对此了然于心,并向千重子搬出了一套奇怪的"幻影论"。秀男也许是以苗子来慰藉自己对千重子的倾慕之情吧。千重子觉得自己的这种想法不一定属于自作多情。

可是,事情也许并非仅仅如此。

千重子无法与父亲正面相视,觉得自己一直羞到了脖根。

"那个叫苗子的姑娘仅仅是很想和你见个面吗?"父亲说。

"是的。"千重子硬着头皮抬起脸来,"大友家的秀男好像说是想跟苗子结婚。"千重子的声音有点发颤。

"哦?"

父亲看着千重子沉默了半天。他像是看穿了什么,却又不愿说出口,只是说:

"是吗?和秀男?大友家的秀男倒是不错。缘分这东西真是不可思议,不过这大概也跟千重子有关吧。"

"爸爸,但我认为她不会跟秀男结婚的。"

"咦,为什么?"

"……"

"为什么呀?我可觉得挺好的……"

"这不是好不好的事。爸爸您还记得吗——那次在植物园时,您说过秀男是否可以做千重子的对象——这事那个姑娘也是知道的。"

"欸,怎么会呢?"

"此外,她好像还担心秀男家是织腰带的,与咱家免不了会有买卖来往。"

父亲内心受到震动,陷入了沉默。

"爸爸,让苗子在咱家过夜吧,哪怕一晚也好,这是千重子的愿望。"

"当然可以。这算得了啥呢……我不是说过可以收养她吗?"

"那她是绝不会来的。只是一晚……"

父亲怜爱地看着千重子。

传来了母亲关雨窗的声音。

"爸爸,我去帮忙。"千重子站了起来。

雨点打在瓦顶上,似是有声又无声。父亲定坐不动。

水木龙助、真一弟兄俩的父亲请太吉郎去圆山公园的"左阿弥"吃晚饭。冬日天短，从处于高位的房间俯视，街市已经上灯。天空是灰色的，没有晚霞，街市若无灯火，也是这样的颜色。这就是京都的冬色。

龙助的父亲作为室町一家生意兴隆的大批发店老板，做派强势而自信，今天却似有难言之隐，犹犹豫豫地说着一些无聊的街谈巷议消磨时间。

"事情是这样的……"借着少许酒劲，他终于切入正题，而优柔寡断并渐入厌世之境的太吉郎也大致能猜出水木要说的话。

"事情是这样的……"水木又期期艾艾地重复一句，"您家小姐跟您说起过愣头青龙助吧？"

"是的。我虽愚钝，但还是十分理解龙助的一片心意。"

"是吗？"水木似乎变得轻松了，"那小子像我年轻时，一旦说出的话，是谁也劝不住的，真拿他没办法。"

"我倒是很感谢他。"

"是吗？蒙您这么一说，我胸口的石头就落地了。"水木说着真用手从上到下地去按摩胸口，"请多包涵。"随即恭谨地鞠了一躬。

太吉郎的店虽说日渐萧条，但若让一位基本属于同业且又初出茅庐的年轻人来相助，怎么说都是一种耻辱；若说是来见习，以两家店的规模来说，则应倒过来才是。

"我虽十分感谢，可是……"太吉郎说，"贵店可能也离不开龙助吧……"

"哪里哪里，龙助在生意方面见识不算很多，还不太熟悉。不过让我这个当爹的说一句不恰当的话，还算比较踏实吧……"

"是呀，来了咱店便突然往掌柜面前一坐，摆出一副严肃的表情，让人一惊。"

"他就是这样。"水木说完又默默地喝酒。

"佐田先生。"

"欸。"

"龙助若去贵店帮忙，哪怕不是每天都去，他弟弟真一也可借此机会渐渐成熟，成为我的助手。真一性格温和，至今还常常被龙助拿童男的称号来嘲笑，这好像是他最不喜欢的……就因为他乘坐过祇园祭的山形彩车。"

"那是因为他长得漂亮。他跟咱千重子是小时候的伙伴……"

"说起千重子……"水木又语塞了。

"说起千重子……"水木重复了一遍，又突然愤愤地说，"您怎么就能有一个那么漂亮的好女儿呢?"

"那孩子不是靠着父母的力量,是天生的。"太吉郎立即应道。

"我想您已经知道,您那里也是跟我家大致差不多的店,而龙助之所以要去帮忙,其实是想待在千重子身边,哪怕半小时、一小时也好。"

太吉郎点头。水木擦了擦跟龙助长得很像的额头,又说:

"这个儿子虽长得不好看,但好像还挺能干。我虽绝不敢强求,但万一哪天千重子觉得龙助那样的小子也还不错,我就真正觍着脸请您考虑能否把他收作养子,我这里可以取消他的嫡子资格。"

水木说完低头行礼。

"废嫡……"太吉郎大吃一惊,"一个大批发店的继承人……"

"人的幸福并不在于此——我看到最近的龙助,心里就是这样想的。"

"难得你们一片美意,但这种事情还是听任两个年轻人今后的感情发展吧。"太吉郎避开水木的冲动请求,"千重子是个弃儿。"

"弃儿又有什么关系?"水木说,"这样吧,您把我的话放在心里,先让龙助去您店里帮忙好吗?"

"可以。"

"谢谢,谢谢。"水木连身体都似乎变得放松,喝酒的动作也变样了。

翌日早上,龙助便立即来到太吉郎店里,召集掌柜和店员进行盘货,包括漆染绸缎、白绸、刺绣绉绸、小绉纹绉绸、绫子、特等绉绸、平纹粗绸、结婚长礼服、长袖和服、中袖和服、留袖和服、金线织花锦缎、普通缎子、高级印花绸、访问服、腰带、里绸、和服配件等。

龙助只是在旁看着,一言不发。掌柜已经领教过他的厉害,头也不敢抬。

虽经挽留,龙助还是在晚饭前回去了。

到了夜晚,传来苗子敲格子门的声音,这声音唯有千重子能听到。

"呀,苗子,傍晚起就转冷了,难为你还是来了,真好。"

"……"

"不过星星出来了。"

"千重子,我该怎么跟你爸妈打招呼呢?"

"我跟他们都说好了的,只要说声'我是苗子'就行了。"千重子搂着苗子的肩往后屋去,"晚饭吃了吗?"

"我在那边吃了饭团后过来的,你别操心。"

苗子尽管显得紧张,但居然有跟千重子长得这么像的姑娘,两位老人惊得说不出话来。

"千重子,你们俩上后屋二楼慢慢聊吧。"还是母亲阿繁想得周到。千重子牵着苗子的一只手走过窄廊上了后楼,点起了暖炉。

"苗子,你过来一下。"千重子把苗子叫到穿衣镜前,然后盯着两人的脸看,"真像呀!"一股热流传遍她的全身。

两人左右转换着位置看。

"真像一个模子出来的,呵呵。"

"双胞胎嘛。"苗子说。

"人若是全生双胞胎,那会怎样呢?"

"那不就整天认错人了吗?可麻烦了。"苗子退后一步,眼睛湿了,"人的命运难料呀。"

千重子也退到苗子的旁边,使劲晃着她的双肩说:

"你就一直住在咱家好吗?爸妈也都这么说的……千重子一个人太寂寞了……虽然杉树村也许是个让人舒畅的地方。"

苗子像是站不住了,一个趔趄跪了下去。她摇着头,摇头时泪水滴到膝上。

"小姐，如今咱俩的生活环境不同，教养也不一样，室町这样的生活我是没法适应的。你家店里我只能来这么一次，只能一次，让你看看我穿上了你给的和服……何况小姐你已经去了两次杉树村。"

"……"

"小姐，咱爸妈扔掉的孩子是你，虽然我不知道这是为什么。"

"这事我已完全没放心上了。"千重子毫不在意地说，"对我来说，现在已不觉得有过那样的爸妈了。"

"我想他们也许为此已遭报应。不过……也要请你原谅我，尽管我自己那时还是个婴儿。"

"你对此有什么责任和罪过呢？"

"虽然没有，但我以前也跟你说过的吧：我不能给你的幸福造成任何影响。"苗子的声音低了下去，"我最好还是索性销声匿迹。"

"不，不能这样……"千重子激动地说，"这样太不公平了……你不幸福吗？"

"不，只是觉得孤单。"

"幸福是短暂的，孤寂却是长远的，你说是吗？"千重子说，"咱们躺下，我还有话要跟你说。"说着便从壁橱里拿出卧具。

苗子一面帮着铺床,一面说:"所谓幸福,大概也就是现在这样吧。"说完侧耳去听屋顶上的声音。

千重子见苗子全神贯注的样子,便也停下手问:
"是阵雨,是雨夹雪,还是夹杂着雪的阵雨?"
"不知道呢,或许是薄雪?"
"雪?"
"没有声音,真正的薄雪,简直算不上是雪。"
"嗯。"
"山村常有这种薄雪,我们干活时,不知不觉间杉叶变白,像花一样。那些冬天落叶的树木,连树梢细枝都一片雪白。"苗子说,"真美。"
"……"
"有时很快就停,有时变成雨夹雪,有时变成阵雨……"
"打开雨窗看看好吗?看一下就知道了。"千重子欲起身过去,被苗子抱住。"别去,天冷,而且会感到幻灭的。"
"你总爱说个幻字。"
"幻……"
苗子那张漂亮的脸在微笑,却有一种淡淡的哀愁。

千重子开始铺被褥,苗子忙说:

"千重子,让我给你铺一次床吧。"

并排铺好两床被子,千重子却不声不响地钻进了苗子的被子。

"啊。苗子,真暖和。"

"毕竟咱们干的活不一样,住的地方也……"

苗子说着抱紧了千重子。

"这样的夜晚会越来越冷的。"虽这么说,苗子却毫无怕冷的样子,"细雪会下下停停又停停下下的……今晚……"

"……"

父亲太吉郎和母亲阿繁好像也上楼来到隔壁房间了,因为上了年纪,于是用电热毯为床铺加热。

苗子凑到千重子耳边低语道:

"这被子已经焐暖,我睡到旁边去了。"

母亲把拉门挪开一条细缝窥视两个姑娘的卧室,这已是后来的事了。

第二天早晨苗子起得很早,她摇醒了千重子,说:

"小姐,这大概是我终生难忘的幸福了。我得趁别人没看见时回去。"

正如苗子所说,真正的细雪在夜里像是时下时停,现在也仍在纷纷扬扬,这是一个寒冷的早晨。

千重子起床说:"你没带雨具吧?等一等。"说着便把自己最好的天鹅绒外套、折叠伞和高跟木屐为苗子配齐。

"这是我送你的。你下次还要来哟。"

苗子摇了摇头。千重子手抓红漆格子门久久地目送着她。苗子没有回头。有少许细雪落在千重子额前的头发上,又很快消融。整个街市仍在一片沉寂之中。

图书在版编目（CIP）数据

古都：插图版 /（日）川端康成著；竺祖慈译 . -- 成都：四川人民出版社，2023.1（2023.3 重印）
（雪国·舞姬：川端康成经典名作集）
ISBN 978-7-220-12816-5

Ⅰ. ①古… Ⅱ. ①川… ②竺… Ⅲ. ①中篇小说—日本—现代 Ⅳ. ① I313.45

中国版本图书馆 CIP 数据核字 (2022) 第 177064 号

GUDU
古都

著　　者	［日］川端康成
译　　者	竺祖慈
筹划出版	后浪出版咨询（北京）有限责任公司
出版统筹	吴兴元
编辑统筹	尚　飞
特约编辑	梁子嫣　陈怡萍
责任编辑	朱雯馨
装帧制造	墨白空间·Yichen
出版发行	四川人民出版社（成都三色路 238 号）
网　　址	http://www.scpph.com
E-mail	scrmcbs@sina.com
印　　刷	天津图文方嘉印刷有限公司
成品尺寸	130mm×185mm
印　　张	7.625
字　　数	129 千
版　　次	2023 年 1 月第 1 版
印　　次	2023 年 3 月第 2 次
书　　号	978-7-220-12816-5
定　　价	248.00 元（全五册）

投诉信箱：copyright@hinabook.com　fawu@hinabook.com
未经许可，不得以任何方式复制或者抄袭本书部分或全部内容
本书若有印、装质量问题，请与本公司联系调换，电话 010-64072833